Prosper Mérimée

La Vénus d'Ille (1837)

Texte intégral

LE DOSSIER

Une nouvelle fantastique

L'ENQUÊTE

L'idée de patrimoine et la naissance des musées

Notes et dossier

Sandrine Elichalt

certifiée de lettres modernes

Collection dirigée par

Bertrand Louët

Sommaire

OUVERTURE

ISBN : 978-2-218-93961-7

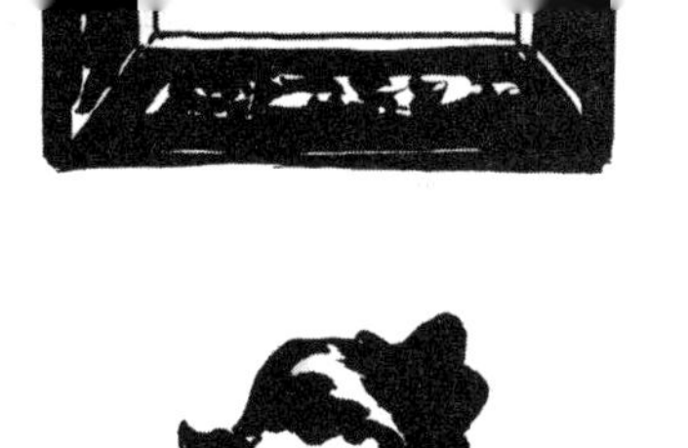

* Tous les mots suivis d'un * sont expliqués dans les lexiques p. 93-94.

Qui sont les personnages ?

Les personnages principaux

VÉNUS
Cette statue en cuivre de la déesse romaine de la Beauté et de l'Amour a été découverte par M. de Peyrehorade au pied d'un olivier. Sa beauté alliée à une expression cruelle lui donne un aspect fascinant. Simple objet ou personnage vivant ? Le récit du drame qui touche la famille de Peyrehorade crée une hésitation.

LE NARRATEUR
Parisien, il semble exercer le même métier d'Inspecteur des Monuments historiques que l'auteur et partager son goût pour l'archéologie. C'est un homme bien élevé, un esprit cultivé et rationnel. Alors qu'il s'attendait, guidé par son hôte, à visiter la région et à découvrir des sites antiques, il va être le témoin d'événements étranges et inquiétants.

Les personnages secondaires

JEAN COLL : Autrefois meilleur coureur de la ville et partenaire de M. Alphonse au jeu de paume, il est handicapé depuis que la statue est tombée sur sa jambe alors qu'il venait juste de la déterrer.

M. ALPHONSE ET MLLE DE PUYGARRIG
Âgé de 26 ans, M. Alphonse ne paraît pas très épris de sa future épouse. Il a le physique robuste d'un joueur de paume et ne semble pas être vif d'esprit. Elle, âgée de 18 ans, se montre timide mais naturelle et pleine d'esprit.

M. DE PEYREHORADE ET SA FEMME
Les hôtes du narrateur et les parents du futur marié. Riches bourgeois de province, ils se montrent accueillants. Lui, est passionné par les objets anciens et a découvert l'idole.

LES « POLISSONS » : Ce sont des gamins qui interpellent la statue en catalan ; l'un d'eux, apprenti serrurier, menace de lui faire « sauter ses grands yeux ». Il lui lance une pierre qui rebondit et vient heurter la tête du polisson.

LE MULETIER ESPAGNOL : Adversaire de M. Alphonse au jeu de paume le jour du mariage, celui qui paraît être le chef des Aragonais se sent humilié par les propos méprisants du vainqueur et promet de se venger.

Quelle est l'histoire ?

Les circonstances

L'histoire se déroule dans le Roussillon, région du sud de la France, comme en attestent les mentions « Canigou, ville d'Ille, Perpignan... ».
L'aventure est révolue (passée) au moment où le narrateur raconte l'histoire ; le buste de Louis-Philippe dans la mairie permet de situer l'histoire sous la monarchie de Juillet (1830-1848).

L'action

Le narrateur, un archéologue parisien et érudit, en visite chez un antiquaire de province apprend que ce dernier vient de découvrir une statue de Vénus dans sa propriété. Autre nouvelle : il assistera au mariage du fils de ses hôtes qui aura lieu durant son séjour.

Le soir de son arrivée, le narrateur admire la Vénus de sa fenêtre lorsque deux gamins prennent à parti la statue qui a brisé la jambe de Jean Coll. L'un d'eux lui jette une pierre qui lui est renvoyée en pleine tête.

Le but

Mérimée satisfait ici son goût de l'étrange, dans une forme d'écriture qui lui réussit : la nouvelle. Le lecteur, par le biais du narrateur passionné d'art et d'objets anciens, va ressentir la fascination qu'exerce la statue de Vénus* mais aussi l'inquiétude grandissante face aux événements teintés d'irréel.

Lithographie de Mariano Andreu pour La Vénus d'Ille. *Éditions Les Bibliophiles du Palais, 1961. Paris, BNF.*

Le jour de son mariage, M. Alphonse dispute une partie de jeu de paume contre un muletier aragonais. Gêné par la bague de fiançailles destinée à sa promise, le futur marié la passe à l'annulaire de la statue. Vainqueur, il humilie l'Espagnol par un propos méprisant et s'en fait un ennemi.

Après le mariage, tard le soir, le narrateur entend des pas lourds monter dans l'escalier et se diriger vers la chambre de la mariée. Pour lui, il s'agit de M. Alphonse qui a décidément trop bu...

Qui est l'auteur ?

Prosper Mérimée (1803-1870)

● UNE ENFANCE SOUS LE SIGNE DE L'ART (1803-1822)

Prosper Mérimée est né en 1803 à Paris. Son père, peintre reconnu, est professeur de dessin alors que sa mère, descendante de Marie Leprince de Beaumont (*La Belle et la Bête*), l'initie à la littérature anglaise. Après une scolarité moyenne, il choisit de devenir écrivain, fréquente les salons libéraux et romantiques parisiens. Il y rencontre Hugo, Musset et Stendhal.

● UNE CARRIÈRE D'ÉCRIVAIN (1823-1845)

En 1823, passionné par le théâtre espagnol, il invente une comédienne et dramaturge espagnole : *Le Théâtre de Clara Gazul*. Il commence sa carrière d'auteur avec *Mateo Falcone* (1828) et *Tamango* (1829), *La Vénus d'Ille* (1837), *Colomba* (1840), et *Carmen* (1845) dont Bizet fera un opéra en 1875. Il est reçu à l'Académie française en 1844.

● UN HAUT FONCTIONNAIRE DE L'ÉTAT (1830-1870)

La monarchie de Juillet lui permet de faire valoir ses idées libérales. En 1831, il est nommé chef de cabinet du ministre du Commerce et des Travaux publics, en 1832, directeur des Beaux-Arts. En 1834, il devient Inspecteur général des Monuments historiques et sillonne la France. Il nourrit alors son œuvre de tous ces voyages. Après la révolution de 1848, Mérimée se rallie au second Empire et devient hostile aux idées républicaines. Atteint de troubles respiratoires, il meurt en 1870.

VIE DE MÉRIMÉE	**1803** Naissance de Mérimée	**1823** *Le Théâtre de Clara Gazul*	**1831** Chef de cabinet au ministère du Commerce et des Travaux publics	**1834** Inspecteur des Monuments historiques
HISTOIRE ET LETTRES	**1804-1814** L'Empire de Napoléon Bonaparte	**1814-1830** La Restauration (Louis XVIII et Charles X)	**1830-1848** « Les Trois Glorieuses » ; la monarchie de Juillet (règne de Louis-Philippe)	**1829-1848** Balzac, *La Comédie humaine*

Que se passe-t-il à l'époque ?

Sur le plan politique

● « UNE GÉNÉRATION PERDUE »

À la chute du premier Empire, le roi Louis XVIII arrive au pouvoir : c'est la Restauration. À la période napoléonienne, où tout semblait possible, succède une ère conservatrice qui provoque ennui et désespoir chez les jeunes gens.

● LE SIÈCLE DES RÉVOLUTIONS

Durant l'hiver 1830, la misère suscite des tensions sociales et la révolution de Juillet éclate : des affrontements ont lieu dans les rues pendant 3 jours, ce sont « Les Trois Glorieuses ».
La monarchie de Juillet succède à la Restauration (1830 à 1848).
La révolution de 1848 met un terme au régime monarchique en France et donne naissance à la IIe République.

Dans le domaine des lettres

● ROMANTISME*, RÉALISME*, NATURALISME

Le romantisme exalte le sentiment de la nature, la mélancolie, le mal du siècle (Chateaubriand, Lamartine, Hugo…). Le réalisme veut représenter la réalité humaine, sociale ou « naturelle » grâce à une observation scrupuleuse des faits (Flaubert, Balzac, Maupassant…). Le naturalisme se développe avec Émile Zola et prolonge le réalisme en accentuant le caractère documentaire et scientifique de l'œuvre.

● LE FANTASTIQUE

Le fantastique émerge au XIXe siècle. L'engouement vient de la traduction des contes d'Hoffman, entre 1829 et 1833, et le succès est renforcé par la traduction des *Histoires extraordinaires* d'Edgar Poe par Baudelaire en 1856.

37	1841	1844	1845	1870
Vénus d'Ille	Voyage en Orient	Reçu à l'Académie française	*Carmen*	Mort de Mérimée à Cannes

31	1848-1852	1851-1870	1857	1870
acroix peint *Liberté guidant euple*	IIe République	Coup d'État du 2 décembre et second Empire (Napoléon III)	Flaubert, *Madame Bovary* ; Baudelaire, *Les Fleurs du Mal*	Chute de l'Empire et IIIe République

La Vénus d'Ille

Ἵλεως ἦν δ'ἐγώ, ἔστω ὁ ἀνδριάς
καὶ ἤπιος, οὕτως ἀνδρεῖος ὤν.
ΛΟΥΚΙΑΝΟΥ ΦΙΛΟΨΕΥΔΗΣ

Je descendais le dernier coteau du Canigou[1], et, bien que le soleil fût déjà couché, je distinguais dans la plaine les maisons de la petite ville d'Ille[2], vers laquelle je me dirigeais.

« Vous savez, dis-je au Catalan[3] qui me servait de guide depuis la veille, vous savez sans doute où demeure M. de Peyrehorade ?

– Si je le sais ! s'écria-t-il, je connais sa maison comme la mienne ; et s'il ne faisait pas si noir, je vous la montrerais. C'est la plus belle d'Ille. Il a de l'argent, oui, M. de Peyrehorade ; et il marie son fils à plus riche que lui encore.

– Et ce mariage se fera-t-il bientôt ? lui demandai-je.

– Bientôt ! il se peut que déjà les violons soient commandés pour la noce. Ce soir, peut-être, demain, après-demain, que sais-je ! C'est à Puygarrig que ça se fera ; car c'est Mlle de Puygarrig que monsieur le fils épouse. Ce sera beau, oui ! »

J'étais recommandé à M. de Peyrehorade par mon ami M. de P. C'était, m'avait-il dit, un antiquaire[4] fort instruit et d'une complaisance[5] à toute épreuve. Il se ferait un plaisir de me montrer toutes les ruines à dix lieues[6] à la ronde. Or, je comptais sur lui pour visiter les environs d'Ille, que je savais riches en monu-

1. **Le Canigou** : massif granitique des Pyrénées orientales, dominant le Roussillon (2 786 m).
2. **Ille** : Ille-sur-Têt, à l'ouest de Perpignan, dans le Roussillon.
3. **Catalan** : originaire de la Catalogne, région qui s'étend de part et d'autre de la frontière des Pyrénées orientales.
4. **Antiquaire** : personne s'intéressant aux objets et monuments anciens.
5. **Complaisance** : bienveillance.
6. **Lieues** : ancienne unité de mesure. Une lieue = 4 km environ.

« Que la statue, disais-je, soit favorable et bienveillante, puisqu'elle ressemble tant à un homme »,
Lucien, *Le Menteur*..

20 ments antiques[1] et du Moyen Âge. Ce mariage, dont on me parlait alors pour la première fois, dérangeait tous mes plans.

Je vais être un trouble-fête, me dis-je. Mais j'étais attendu ; annoncé par M. de P., il fallait bien me présenter.

« Gageons, monsieur, me dit mon guide, comme nous étions 25 déjà dans la plaine, gageons un cigare que je devine ce que vous allez faire chez M. de Peyrehorade ?

– Mais, répondis-je en lui tendant un cigare, cela n'est pas bien difficile à deviner. À l'heure qu'il est, quand on a fait six lieues dans le Canigou, la grande affaire, c'est de souper.

30 – Oui, mais demain ? ... Tenez, je parierais que vous venez à Ille pour voir l'idole[2*] ? J'ai deviné cela à vous voir tirer en portrait[3] les saints de Serrabona[4].

– L'idole ! quelle idole ? » Ce mot avait excité ma curiosité.

« Comment ! on ne vous a pas conté, à Perpignan, comment 35 M. de Peyrehorade avait trouvé une idole en terre ?

– Vous voulez dire une statue en terre cuite, en argile ?

– Non pas. Oui, bien en cuivre, et il y en a de quoi faire des gros sous. Elle vous pèse autant qu'une cloche d'église. C'est bien avant dans la terre, au pied d'un olivier, que nous l'avons eue.

40 – Vous étiez donc présent à la découverte ?

– Oui, monsieur. M. de Peyrehorade nous dit, il y a quinze jours, à Jean Coll et à moi, de déraciner un vieil olivier qui était gelé de l'année dernière, car elle a été bien mauvaise, comme vous savez. Voilà donc qu'en travaillant, Jean Coll, qui y allait de 45 tout cœur, il donne un coup de pioche, et j'entends bimm... comme s'il avait tapé sur une cloche. Qu'est-ce que c'est ? que je

1. **Antiques** : qui appartiennent à l'Antiquité.
2. **Idole** : représentation d'une divinité qu'on adore comme s'il s'agissait de la divinité elle-même.
3. **Tirer en portrait** : représenter (dessin, peinture, gravure).
4. **Serrabona** : monastère situé près de Perpignan.

Le narrateur fait des croquis au monastère de Serrabona, tout comme Mérimée dessinait lorsqu'il faisait des voyages d'étude.

dis. Nous piochons toujours, nous piochons, et voilà qu'il paraît une main noire, qui semblait la main d'un mort qui sortait de terre. Moi, la peur me prend. Je m'en vais à monsieur, et je lui
50 dis : « Des morts, notre maître, qui sont sous l'olivier ! Faut appeler le curé. – Quels morts ? » qu'il me dit. Il vient, et il n'a pas plus tôt vu la main qu'il s'écrie : « Un antique[1] ! un antique ! » Vous auriez cru qu'il avait trouvé un trésor. Et le voilà, avec la pioche, avec les mains, qui se démène et qui faisait quasiment
55 autant d'ouvrage que nous deux.

– Et enfin que trouvâtes-vous ?

– Une grande femme noire plus qu'à moitié nue, révérence parler[2], monsieur, toute en cuivre, et M. de Peyrehorade nous a dit que c'était une idole du temps des païens[3]... du temps de
60 Charlemagne, quoi ● !

– Je vois ce que c'est... Quelque bonne Vierge en bronze d'un couvent détruit.

– Une bonne Vierge ! ah bien, oui ! ... Je l'aurais bien reconnue, si ç'avait été une bonne Vierge. C'est une idole, vous dis-je : on le
65 voit bien à son air. Elle vous fixe avec ses grands yeux blancs... On dirait qu'elle vous dévisage. On baisse les yeux, oui, en la regardant.

– Des yeux blancs ? Sans doute ils sont incrustés dans le bronze. Ce sera peut-être quelque statue romaine.

70 – Romaine ! c'est cela. M. de Peyrehorade dit que c'est une Romaine. Ah ! je vois bien que vous êtes un savant comme lui.

– Est-elle entière, bien conservée ?

1. **Antique** : une statue datant de l'Antiquité.
2. **Révérence parler** : sauf votre respect (formule qui atténue des paroles qui peuvent choquer).
3. **Temps des païens** : Antiquité gréco-romaine (avant la christianisation).

● **L'auteur se moque un peu des médiocres connaissances historiques du guide qui situe Charlemagne (742-814), roi des Francs, au temps des Païens.**

– Oh ! monsieur, il ne lui manque rien. C'est encore plus beau et mieux fini que le buste de Louis-Philippe[1], qui est à la mairie, en plâtre peint. Mais avec tout cela, la figure de cette idole ne me revient pas. Elle a l'air méchante... et elle l'est aussi.

– Méchante ! Quelle méchanceté vous a-t-elle faite ?

– Pas à moi précisément ; mais vous allez voir. Nous nous étions mis à quatre pour la dresser debout, et M. de Peyrehorade, qui lui aussi tirait à la corde, bien qu'il n'ait guère plus de force qu'un poulet, le digne homme ! Avec bien de la peine nous la mettons droite. J'amassais un tuileau[2] pour la caler, quand, patatras ! la voilà qui tombe à la renverse tout d'une masse. Je dis : Gare dessous ! Pas assez vite pourtant, car Jean Coll n'a pas eu le temps de tirer sa jambe...

– Et il a été blessé ?

– Cassée net comme un échalas[3], sa pauvre jambe ! Pécaïre[4] ! quand j'ai vu cela, moi, j'étais furieux. Je voulais défoncer l'idole à coups de pioche, mais M. de Peyrehorade m'a retenu. Il a donné de l'argent à Jean Coll, qui tout de même est encore au lit depuis quinze jours que cela lui est arrivé, et le médecin dit qu'il ne marchera jamais de cette jambe-là comme de l'autre. C'est dommage, lui qui était notre meilleur coureur et, après monsieur le fils, le plus malin joueur de paume[5]. C'est que M. Alphonse de Peyrehorade en a été triste, car c'est Coll qui faisait sa partie[6]. Voilà qui était beau à voir comme ils se renvoyaient les balles. Paf ! paf ! Jamais elles ne touchaient terre. »

1. **Louis-Philippe (1773-1850)** : roi des Français (1830-1848).
2. **Tuileau** : fragment de tuile.
3. **Échalas** : pieu en bois qu'on enfonce au pied d'un arbre ou d'un cep de vigne pour le soutenir.
4. **Pécaïre** : exclamation méridionale qui exprime la pitié ou l'ironie.
5. **Joueur de paume** : qui joue au jeu de paume, ancêtre du tennis (la paume des mains remplaçait les raquettes).
6. **Faisait sa partie** : jouait avec lui habituellement.

Devisant de la sorte, nous entrâmes à Ille, et je me trouvai bientôt en présence de M. de Peyrehorade. C'était un petit vieillard
100 vert[1] encore et dispos[2], poudré, le nez rouge, l'air jovial et goguenard[3]. Avant d'avoir ouvert la lettre de M. de P., il m'avait installé devant une table bien servie, et m'avait présenté à sa femme et à son fils comme un archéologue illustre, qui devait tirer le Roussillon de l'oubli où le laissait l'indifférence des savants.

105 Tout en mangeant de bon appétit, car rien ne dispose mieux que l'air vif des montagnes, j'examinais mes hôtes. J'ai dit un mot de M. de Peyrehorade ; je dois ajouter que c'était la vivacité même. Il parlait, mangeait, se levait, courait à sa bibliothèque, m'apportait des livres, me montrait des estampes[4], me versait à
110 boire ; il n'était jamais deux minutes en repos. Sa femme, un peu trop grasse, comme la plupart des Catalanes lorsqu'elles ont passé quarante ans, me parut une provinciale renforcée[5], uniquement occupée des soins du ménage. Bien que le souper fût suffisant pour six personnes au moins, elle courut à la cuisine, fit tuer
115 des pigeons, frire des miliasses[6], ouvrit je ne sais combien de pots de confitures. En un instant la table fut encombrée de plats et de bouteilles, et je serais certainement mort d'indigestion si j'avais goûté seulement à tout ce qu'on m'offrait. Cependant, à chaque plat que je refusais, c'étaient de nouvelles excuses. On
120 craignait que je ne me trouvasse bien mal à Ille. Dans la province on a si peu de ressources, et les Parisiens sont si difficiles !

Au milieu des allées et venues de ses parents, M. Alphonse de Peyrehorade ne bougeait pas plus qu'un Terme[7]. C'était un grand

1. **Vert** : qui a de la vigueur, qui est dynamique.
2. **Dispos** : en bonne santé.
3. **Goguenard** : moqueur.
4. **Estampes** : images imprimées au moyen d'une planche gravée de bois ou de cuivre.
5. **Renforcée** : typique.
6. **Miliasses** : gâteaux de farine de maïs.
7. **Terme** : divinité romaine dont la statue ne pouvait être déplacée, et qui servait de borne pour délimiter les propriétés.

jeune homme de vingt-six ans, d'une physionomie belle et régulière, mais manquant d'expression. Sa taille et ses formes athlétiques justifiaient bien la réputation d'infatigable joueur de paume qu'on lui faisait dans le pays. Il était ce soir-là habillé avec élégance, exactement d'après la gravure du dernier numéro du *Journal des Modes*. Mais il me semblait gêné dans ses vêtements ; il était roide[1] comme un piquet dans son col de velours, et ne se tournait que tout d'une pièce. Ses mains grosses et hâlées, ses ongles courts, contrastaient singulièrement avec son costume. C'étaient des mains de laboureur sortant des manches d'un dandy[2]. D'ailleurs, bien qu'il me considérât de la tête aux pieds fort curieusement, en ma qualité de Parisien, il ne m'adressa qu'une seule fois la parole dans toute la soirée, ce fut pour me demander où j'avais acheté la chaîne de ma montre.

« Ah çà ! mon cher hôte, me dit M. de Peyrehorade, le souper tirant à sa fin, vous m'appartenez, vous êtes chez moi. Je ne vous lâche plus, sinon quand vous aurez vu tout ce que nous avons de curieux dans nos montagnes. Il faut que vous appreniez à connaître notre Roussillon, et que vous lui rendiez justice. Vous ne vous doutez pas de tout ce que nous allons vous montrer. Monuments phéniciens[3], celtiques[4], romains, arabes, byzantins[5], vous verrez tout, depuis le cèdre jusqu'à l'hysope[6]. Je vous mènerai partout et ne vous ferai pas grâce d'une brique. »

Un accès de toux l'obligea de s'arrêter. J'en profitai pour lui dire que je serais désolé de le déranger dans une circonstance aussi intéressante pour sa famille. S'il voulait bien me donner ses

1. **Roide** : raide.
2. **Dandy** : homme élégant dans son apparence et dans ses manières.
3. **Phéniciens** : de Phénicie, région côtière du Liban qui s'est développée à partir de 3000 av. J.-C.
4. **Celtiques** : qui a rapport aux Celtes, peuple de langue indo-européenne, civilisation d'Europe occidentale.
5. **Byzantins** : de l'Empire romain d'Orient (395 à 1453) dont la capitale était Byzance (Constantinople).
6. **Hysope** : arbrisseau méditerranéen à fleurs bleues. L'expression « du cèdre jusqu'à l'hysope » signifie « du plus grand au plus petit ».

150 excellents conseils sur les excursions que j'aurais à faire, je pourrais, sans qu'il prît la peine de m'accompagner...

« Ah ! vous voulez parler du mariage de ce garçon-là, s'écria-t-il en m'interrompant. Bagatelle[1], ce sera fait après-demain. Vous ferez la noce avec nous, en famille, car la future est en deuil d'une 155 tante dont elle hérite. Ainsi point de fête, point de bal... C'est dommage... vous auriez vu danser nos Catalanes... Elles sont jolies, et peut-être l'envie vous aurait-elle pris d'imiter mon Alphonse. Un mariage, dit-on, en amène d'autres... Samedi, les jeunes gens mariés, je suis libre, et nous nous mettons en course. 160 Je vous demande pardon de vous donner l'ennui d'une noce de province. Pour un Parisien blasé sur les fêtes... et une noce sans bal encore ! Pourtant, vous verrez une mariée... une mariée... vous m'en direz des nouvelles... Mais vous êtes un homme grave et vous ne regardez plus les femmes. J'ai mieux que cela à vous 165 montrer. Je vous ferai voir quelque chose !... Je vous réserve une fière surprise pour demain.

– Mon Dieu ! lui dis-je, il est difficile d'avoir un trésor dans sa maison sans que le public en soit instruit. Je crois deviner la surprise que vous me préparez. Mais si c'est de votre statue qu'il 170 s'agit, la description que mon guide m'en a faite n'a servi qu'à exciter ma curiosité et à me disposer à l'admiration.

– Ah ! il vous a parlé de l'idole, car c'est ainsi qu'ils appellent ma belle Vénus* Tur... mais je ne veux rien vous dire●. Demain, au grand jour, vous la verrez, et vous me direz si j'ai raison de la 175 croire un chef-d'œuvre. Parbleu[2] ! vous ne pouviez arriver plus à

1. **Bagatelle** : exclamation qui exprime le peu d'importance qu'on accorde à quelque chose.
2. **Parbleu** : vient de « par Dieu », exclamation qui exprime l'évidence.

● **Vénus est la déesse de la Beauté et de l'Amour. M. de Peyrehorade se retient de révéler toutes les informations qu'il a décryptées sur la statue afin de préserver l'effet de surprise sur son hôte.**

propos ! Il y a des inscriptions que moi, pauvre ignorant, j'explique à ma manière... mais un savant de Paris !... Vous vous moquerez peut-être de mon interprétation... car j'ai fait un mémoire[1]... moi qui vous parle... vieil antiquaire de province, je me suis
180 lancé... Je veux faire gémir la presse[2]... Si vous vouliez bien me lire et me corriger, je pourrais espérer... Par exemple, je suis bien curieux de savoir comment vous traduirez cette inscription sur le socle : *CAVE*[3]... Mais je ne veux rien vous demander encore ! À demain, à demain ! Pas un mot sur la Vénus aujourd'hui !

185 – Tu as raison, Peyrehorade, dit sa femme, de laisser là ton idole. Tu devrais voir que tu empêches monsieur de manger. Va, monsieur a vu à Paris de bien plus belles statues que la tienne. Aux Tuileries, il y en a des douzaines, et en bronze aussi.

– Voilà bien l'ignorance, la sainte ignorance de la province !
190 interrompit M. de Peyrehorade. Comparer un antique admirable aux plates figures de Coustou[4] ! »

Comme avec irrévérence
Parle des dieux ma ménagère[5] !

« Savez-vous que ma femme voulait que je fondisse ma statue
195 pour en faire une cloche à notre église ? C'est qu'elle en eût été la marraine. Un chef-d'œuvre de Myron[6], monsieur !

– Chef-d'œuvre ! chef-d'œuvre ! un beau chef-d'œuvre qu'elle a fait ! casser la jambe d'un homme !

1. **Mémoire** : travail de recherche écrit pour un public savant.
2. **Gémir la presse** : imprimer.
3. ***CAVE*** (latin) : « prends garde à ».
4. **Nicolas Coustou (1658-1733)** : sculpteur dont plusieurs œuvres sont exposées au jardin des Tuileries, à Paris.
5. **Comme (...) Parle des dieux ma ménagère** ! : citation détournée de Molière, auteur de pièces de théâtre au XVIIe siècle. « Comme avec irrévérence/Parle des dieux ce maraud ! », *Amphitryon* (1668), acte I, scène 2.
6. **Myron (Ve siècle av. J.-C.)** : sculpteur grec.

– Ma femme, vois-tu ? dit M. de Peyrehorade d'un ton résolu, et tendant vers elle sa jambe droite dans un bas de soie chinée[1], si ma Vénus m'avait cassé cette jambe-là, je ne la regretterais pas.

– Bon Dieu ! Peyrehorade, comment peux-tu dire cela ! Heureusement que l'homme va mieux... Et encore je ne peux pas prendre sur moi de regarder la statue qui fait des malheurs comme celui-là. Pauvre Jean Coll !

– Blessé par Vénus, monsieur, dit M. de Peyrehorade riant d'un gros rire, blessé par Vénus, le maraud[2] se plaint :

Veneris nec praemia noris[3]. »

« Qui n'a pas été blessé par Vénus ? »

M. Alphonse, qui comprenait le français mieux que le latin, cligna de l'œil d'un air d'intelligence, et me regarda comme pour me demander : « Et vous, Parisien, comprenez-vous ? »

Le souper finit. Il y avait une heure que je ne mangeais plus. J'étais fatigué, et je ne pouvais parvenir à cacher les fréquents bâillements qui m'échappaient. Mme de Peyrehorade s'en aperçut la première et remarqua qu'il était temps d'aller dormir. Alors commencèrent de nouvelles excuses sur le mauvais gîte[4] que j'allais avoir. Je ne serais pas comme à Paris. En province on est si mal ! Il fallait de l'indulgence pour les Roussillonnais. J'avais beau protester qu'après une course dans les montagnes, une botte

1. **Chinée** : dont la trame présente des couleurs alternées formant un dessin irrégulier.
2. **Maraud** : vaurien.
3. ***Veneris nec praemia noris*** (latin) : citation du poète Virgile. « Et les présents de Vénus, tu ne les connais pas » (*L'Énéide*).
4. **Gîte** : lieu où l'on peut loger et dormir.

La citation de Virgile fait référence aux plaisirs de l'Amour. Ici, M. de Peyrehorade fait une plaisanterie un peu lourde aux dépens de celui qui se plaindrait d'être blessé par celle qui donne du plaisir.

de paille me serait un coucher délicieux, on me priait toujours de pardonner à de pauvres campagnards s'ils ne me traitaient pas aussi bien qu'ils l'eussent désiré. Je montai enfin à la chambre qui
225 m'était destinée, accompagné de M. de Peyrehorade. L'escalier, dont les marches supérieures étaient en bois, aboutissait au milieu d'un corridor[1], sur lequel donnaient plusieurs chambres.

« À droite, me dit mon hôte, c'est l'appartement que je destine à la future Mme Alphonse. Votre chambre est au bout du corri-
230 dor opposé. Vous sentez bien, ajouta-t-il d'un air qu'il voulait rendre fin[2], vous sentez bien qu'il faut isoler de nouveaux mariés. Vous êtes à un bout de la maison, eux à l'autre. »

Nous entrâmes dans une chambre bien meublée, où le premier objet sur lequel je portai la vue fut un lit long de sept pieds[3], large
235 de six, et si haut qu'il fallait un escabeau pour s'y guinder[4]. Mon hôte m'ayant indiqué la position de la sonnette, et s'étant assuré par lui-même que le sucrier était plein, les flacons d'eau de Cologne dûment placés sur la toilette[5], après m'avoir demandé plusieurs fois si rien ne me manquait, me souhaita une bonne nuit
240 et me laissa seul.

Les fenêtres étaient fermées. Avant de me déshabiller, j'en ouvris une pour respirer l'air frais de la nuit, délicieux après un long souper. En face était le Canigou, d'un aspect admirable en tout temps, mais qui me parut ce soir-là la plus belle montagne
245 du monde, éclairé qu'il était par une lune resplendissante. Je demeurai quelques minutes à contempler sa silhouette merveilleuse, et j'allais fermer ma fenêtre, lorsque, baissant les yeux,

1. **Corridor** : couloir.
2. **Fin** : intelligent, spirituel.
3. **Pied** : ancienne unité de mesure. Un pied = 0,32 mètre environ.
4. **S'y guinder** : s'y hisser.
5. **Toilette** : meuble où l'on place tout ce qui est nécessaire au maquillage, à la toilette.

j'aperçus la statue sur un piédestal[1] à une vingtaine de toises[2] de la maison. Elle était placée à l'angle d'une haie vive qui séparait 250 un petit jardin d'un vaste carré parfaitement uni, qui, je l'appris plus tard, était le jeu de paume de la ville. Ce terrain, propriété de M. de Peyrehorade, avait été cédé par lui à la commune, sur les pressantes sollicitations de son fils.

À la distance où j'étais, il m'était difficile de distinguer l'atti- 255 tude de la statue ; je ne pouvais juger que de sa hauteur, qui me parut de six pieds environ. En ce moment, deux polissons[3] de la ville passaient sur le jeu de paume, assez près de la haie, sifflant le joli air du Roussillon : *Montagnes régalades*[4]. Ils s'arrêtèrent pour regarder la statue ; un d'eux l'apostropha même à haute 260 voix. Il parlait catalan ; mais j'étais dans le Roussillon depuis assez longtemps pour pouvoir comprendre à peu près ce qu'il disait :

« Te voilà donc, coquine ! (Le terme catalan était plus énergique.) Te voilà, disait-il. C'est donc toi qui as cassé la jambe à Jean 265 Coll ! Si tu étais à moi, je te casserais le cou.

– Bah ! avec quoi ? dit l'autre. Elle est de cuivre, et si dure qu'Étienne a cassé sa lime dessus, essayant de l'entamer. C'est du cuivre du temps des païens ; c'est plus dur que je ne sais quoi.

270 – Si j'avais mon ciseau à froid[5] (il paraît que c'était un apprenti serrurier), je lui ferais bientôt sauter ses grands yeux blancs, comme je tirerais une amande de sa coquille. Il y a pour plus de cent sous d'argent. »

Ils firent quelques pas en s'éloignant.

1. **Piédestal** : support assez élevé sur lequel se dresse une colonne, une statue ou un élément décoratif.
2. **Toises** : ancienne unité de mesure. Une toise = 6 pieds = 2 mètres environ.
3. **Polissons** : enfants mal élevés.
4. ***Montagnes régalades*** : montagnes « royales ». Chanson à la gloire du Roussillon.
5. **Ciseau à froid** : outil en acier utilisé pour travailler la pierre, le fer, le bois.

275 « Il faut que je souhaite le bonsoir à l'idole », dit le plus grand des apprentis, s'arrêtant tout à coup.

Il se baissa, et probablement ramassa une pierre. Je le vis déployer le bras, lancer quelque chose, et aussitôt un coup sonore retentit sur le bronze. Au même instant l'apprenti porta la main 280 à sa tête en poussant un cri de douleur.

« Elle me l'a rejetée ! » s'écria-t-il.

Et mes deux polissons prirent la fuite à toutes jambes. Il était évident que la pierre avait rebondi sur le métal, et avait puni ce drôle[1] de l'outrage qu'il faisait à la déesse.

285 Je fermai la fenêtre en riant de bon cœur.

« Encore un Vandale[2]* puni par Vénus ! Puissent tous les destructeurs de nos vieux monuments avoir ainsi la tête cassée ! »

Sur ce souhait charitable, je m'endormis.

Il était grand jour quand je me réveillai. Auprès de mon lit 290 étaient, d'un côté, M. de Peyrehorade, en robe de chambre ; de l'autre, un domestique envoyé par sa femme une tasse de chocolat à la main.

« Allons, debout, Parisien ! Voilà bien mes paresseux de la capitale ! disait mon hôte pendant que je m'habillais à la hâte. Il est 295 huit heures, et encore au lit ! je suis levé, moi, depuis six heures. Voilà trois fois que je monte, je me suis approché de votre porte sur la pointe du pied : personne, nul signe de vie. Cela vous fera mal de trop dormir à votre âge. Et ma Vénus que vous n'avez pas encore vue. Allons, prenez-moi vite cette tasse de chocolat de 300 Barcelone[3]... Vraie contrebande. Du chocolat comme on n'en a

1. **Drôle** : jeune garçon coquin.
2. **Vandale** : personne qui pille et détruit des choses ou des lieux par bêtise et ignorance. En référence au peuple germanique qui dévasta une partie de l'Europe au Ve siècle après J.-C. Ce nom a donné celui de vandalisme.*
3. **Barcelone** : ville de Catalogne (Espagne).

pas à Paris. Prenez des forces, car, lorsque vous serez devant ma Vénus, on ne pourra plus vous en arracher. »

En cinq minutes je fus prêt, c'est-à-dire à moitié rasé, mal boutonné, et brûlé par le chocolat que j'avalai bouillant. Je descendis 305 dans le jardin, et me trouvai devant une admirable statue.

C'était bien une Vénus, et d'une merveilleuse beauté. Elle avait le haut du corps nu, comme les anciens représentaient d'ordinaire les grandes divinités ; la main droite, levée à la hauteur du sein, était tournée, la paume en dedans, le pouce et les deux pre- 310 miers doigts étendus, les deux autres, légèrement ployés. L'autre main, rapprochée de la hanche, soutenait la draperie qui couvrait la partie inférieure du corps. L'attitude de cette statue rappelait celle du Joueur de mourre[1] qu'on désigne, je ne sais trop pourquoi, sous le nom de Germanicus●. Peut-être avait-on voulu 315 représenter la déesse au jeu de mourre.

Quoi qu'il en soit, il est impossible de voir quelque chose de plus parfait que le corps de cette Vénus ; rien de plus suave[2], de plus voluptueux que ses contours ; rien de plus élégant et de plus noble que sa draperie. Je m'attendais à quelque ouvrage du Bas- 320 Empire[3] ; je voyais un chef-d'œuvre du meilleur temps de la statuaire. Ce qui me frappait surtout, c'était l'exquise vérité des formes, en sorte qu'on aurait pu les croire moulées sur nature, si la nature produisait d'aussi parfaits modèles.

La chevelure, relevée sur le front, paraissait avoir été dorée 325 autrefois. La tête, petite comme celle de presque toutes les statues

1. **Joueur de mourre** : celui qui joue au jeu de mourre (jeu italien). Il s'agit de deviner combien de doigts a levé, très rapidement, le partenaire.
2. **Suave** : doux, délicieux.
3. **Bas-Empire** : seconde période de l'Empire romain, entre le IIIe et le Ve siècle après J.-C.

● **Ici, le Joueur de mourre est une statue en marbre que l'on peut voir au Louvre et qui représente un homme que l'on croyait être, à l'époque de Mérimée, le général romain Germanicus (en fait, il s'agit de Marcellus). L'auteur l'évoque pour son attitude de joueur de mourre (les doigts levés).**

grecques, était légèrement inclinée en avant. Quant à la figure, jamais je ne parviendrai à exprimer son caractère étrange, et dont le type ne se rapprochait de celui d'aucune statue antique dont il me souvienne. Ce n'était point cette beauté calme et sévère des 330 sculpteurs grecs, qui, par système, donnaient à tous les traits une majestueuse immobilité. Ici, au contraire, j'observais avec surprise l'intention marquée de l'artiste de rendre la malice[1] arrivant jusqu'à la méchanceté. Tous les traits étaient contractés légèrement : les yeux un peu obliques, la bouche relevée des coins, les 335 narines quelque peu gonflées. Dédain[2], ironie, cruauté, se lisaient sur ce visage d'une incroyable beauté cependant. En vérité, plus on regardait cette admirable statue, et plus on éprouvait le sentiment pénible qu'une si merveilleuse beauté pût s'allier à l'absence de toute sensibilité.

340 « Si le modèle a jamais existé, dis-je à M. de Peyrehorade, et je doute que le Ciel ait jamais produit une telle femme, que je plains ses amants ! Elle a dû se complaire[3] à les faire mourir de désespoir. Il y a dans son expression quelque chose de féroce, et pourtant je n'ai jamais vu rien de si beau.

345 – *C'est Vénus tout entière à sa proie attachée*[4] *!* » s'écria M. de Peyrehorade, satisfait de mon enthousiasme.

Cette expression d'ironie infernale[5] était augmentée peut-être par le contraste de ses yeux incrustés d'argent et très brillants avec la patine[6] d'un vert noirâtre que le temps avait donnée à 350 toute la statue. Ces yeux brillants produisaient une certaine

1. **Malice** : inclination à faire le mal par des voies détournées.
2. **Dédain** : mépris.
3. **Se complaire** : trouver du plaisir.
4. ***C'est Vénus tout entière à sa proie attachée*** : citation de Racine, auteur de pièces de théâtre au XVIe siècle, dans *Phèdre*, acte I, scène 3.
5. **Infernale** : qui sort tout droit de l'enfer.
6. **Patine** : sur certains objets anciens, teinte prise par le bronze.

illusion qui rappelait la réalité, la vie. Je me souvins de ce que m'avait dit mon guide, qu'elle faisait baisser les yeux à ceux qui la regardaient. Cela était presque vrai, et je ne pus me défendre d'un mouvement de colère contre moi-même en me sentant un
355 peu mal à mon aise devant cette figure de bronze.

« Maintenant que vous avez tout admiré en détail, mon cher collègue en antiquaillerie●, dit mon hôte, ouvrons, s'il vous plaît, une conférence scientifique. Que dites-vous de cette inscription, à laquelle vous n'avez point pris garde encore ? »

360 Il me montrait le socle de la statue, et j'y lus ces mots :

CAVE AMANTEM

« *Quid dicis, doctissime*[1] ? me demanda-t-il en se frottant les mains. Voyons si nous nous rencontrerons sur le sens de ce *cave amantem* !

365 – Mais, répondis-je, il y a deux sens. On peut traduire : « Prends garde à celui qui t'aime, défie-toi des amants. » Mais, dans ce sens, je ne sais si *cave amantem* serait d'une bonne latinité. En voyant l'expression diabolique de la dame, je croirais plutôt que l'artiste a voulu mettre en garde le spectateur contre cette terrible
370 beauté. Je traduirais donc : « Prends garde à toi si *elle* t'aime. »

– Humph ! dit M. de Peyrehorade, oui, c'est un sens admissible ; mais, ne vous en déplaise, je préfère la première traduction, que je développerai pourtant. Vous connaissez l'amant de Vénus ?

– Il y en a plusieurs.

375 – Oui ; mais le premier, c'est Vulcain[2]. N'a-t-on pas voulu dire : « Malgré toute ta beauté, ton air dédaigneux, tu auras un forgeron,

1. ***Quid dicis, doctissime*** **?** (latin) : « Qu'en dis-tu, très savant collègue ? »
2. **Vulcain** : dieu des volcans et des forgerons, mari laid et boiteux de la déesse Vénus.

● **Ce terme, que M. de Peyrehorade invente en ajoutant un suffixe péjoratif (« aillerie ») au mot « antique », met en évidence le complexe d'infériorité du provincial.**

un vilain boiteux pour amant » ? Leçon profonde, monsieur, pour les coquettes ! »

Illustration de Maximilien Vox pour La Vénus d'Ille. Éditions G. Servant, 1925. Paris, BNF.

Je ne pus m'empêcher de sourire, tant l'explication me parut tirée par les cheveux.

« C'est une terrible langue que le latin avec sa concision[1] », observai-je pour éviter de contredire formellement mon antiquaire, et je reculai de quelques pas afin de mieux contempler la statue.

« Un instant, collègue ! dit M. de Peyrehorade en m'arrêtant par le bras, vous n'avez pas tout vu. Il y a encore une autre inscription. Montez sur le socle et regardez au bras droit. » En parlant ainsi, il m'aidait à monter.

Je m'accrochai sans trop de façon au cou de la Vénus, avec laquelle je commençais à me familiariser. Je la regardai même un instant *sous le nez*, et la trouvai de près encore plus méchante et encore plus belle. Puis je reconnus qu'il y avait, gravés sur le bras, quelques caractères d'écriture cursive[2] antique, à ce qu'il me sembla. À grand renfort de besicles[3] j'épelai ce qui suit, et cependant[4] M. de Peyrehorade répétait chaque mot à mesure que je le prononçais, approuvant du geste et de la voix. Je lus donc :

1. **Concision** : qualité de celui qui exprime les choses en peu de mots.
2. **Cursive** : qui est tracé à la main.
3. **Besicles** : anciennes lunettes.
4. **Cependant** : ici, a le sens de « pendant ce temps ».

VENERI TVRBVL...
405 *EVTYCHES MYRO*
IMPERIO FECIT.

Après ce mot *TVRBVL* de la première ligne, il me sembla qu'il y avait quelques lettres effacées ; mais *TVRBVL* était parfaitement lisible.

410 « Ce qui veut dire ?... me demanda mon hôte radieux et souriant avec malice, car il pensait bien que je ne me tirerais pas facilement de ce *TVRBVL*.

– Il y a un mot que je ne m'explique pas encore, lui dis-je ; tout le reste est facile. Eutychès Myron a fait cette offrande à Vénus 415 par son ordre.

– À merveille. Mais *TVRBVL*, qu'en faites-vous ? Qu'est-ce que *TVRBVL* ?

– *TVRBVL* m'embarrasse fort. Je cherche en vain quelque épithète[1] connue de Vénus qui puisse m'aider. Voyons, que diriez-420 vous de *TVRBVLENTA* ? Vénus qui trouble, qui agite... Vous vous apercevez que je suis toujours préoccupé de son expression méchante. *TVRBVLENTA*, ce n'est point une trop mauvaise épithète pour Vénus, ajoutai-je d'un ton modeste, car je n'étais pas moi-même fort satisfait de mon explication.

425 – Vénus turbulente ! Vénus la tapageuse ! Ah ! vous croyez donc que ma Vénus est une Vénus de cabaret ? Point du tout, monsieur ; c'est une Vénus de bonne compagnie. Mais je vais vous expliquer ce *TVRBVL*... Au moins vous me promettez de ne point divulguer[2] ma découverte avant l'impression de mon 430 mémoire. C'est que, voyez-vous, je m'en fais gloire, de cette

1. **Épithète** : mot qu'on ajoute à un nom pour qualifier, décrire la chose, la personne désignée par ce nom.
2. **Divulguer** : dévoiler, répandre la nouvelle.

trouvaille-là... Il faut bien que vous nous laissiez quelques épis à glaner, à nous autres pauvres diables de provinciaux. Vous êtes si riches, messieurs les savants de Paris ! »

Du haut du piédestal, où j'étais toujours perché, je lui promis
435 solennellement que je n'aurais jamais l'indignité[1] de lui voler sa découverte.

« *TVRBVL...*, monsieur, dit-il en se rapprochant et baissant la voix de peur qu'un autre que moi ne pût l'entendre, lisez *TVRBVLNERAE.*

440 – Je ne comprends pas davantage.

– Écoutez bien. À une lieue d'ici, au pied de la montagne, il y a un village qui s'appelle Boulternère. C'est une corruption[2] du mot latin *TVRBVLNERA*. Rien de plus commun que ces inversions. Boulternère, monsieur, a été une ville romaine. Je m'en
445 étais toujours douté, mais jamais je n'en avais eu la preuve. La preuve, la voilà. Cette Vénus était la divinité topique[3] de la cité de Boulternère, et ce mot de Boulternère, que je viens de démontrer d'origine antique, prouve une chose bien plus curieuse, c'est que Boulternère, avant d'être une ville romaine, a été une ville phéni-
450 cienne ! »

Il s'arrêta un moment pour respirer et jouir de ma surprise. Je parvins à réprimer une forte envie de rire.

« En effet, poursuivit-il, *TVRBVLNERA* est pur phénicien, *TVR*, prononcez *TOUR*... *TOUR* et *SOUR*, même mot, n'est-ce-
455 pas ? *SOUR* est le nom phénicien de Tyr[4] ; je n'ai pas besoin de vous en rappeler le sens. *BVL*, c'est Baal[5]. Bâl, Bel, Bul, légères

1. **Indignité** : bassesse.
2. **Corruption** : ici, déformation.
3. **Topique** : qui appartient à un lieu.
4. **Tyr** : ancienne ville de Phénicie.
5. **Baal** : dieu phénicien.

différences de prononciation. Quant à *NERA*, cela me donne un peu de peine. Je suis tenté de croire, faute de trouver un mot phénicien, que cela vient du grec νηρός, humide, marécageux. Ce serait donc un mot hybride[1]. Pour justifier νηρός, je vous montrerai à Boulternère comment les ruisseaux de la montagne y forment des mares infectes. D'autre part, la terminaison *NERA* aurait pu être ajoutée beaucoup plus tard en l'honneur de Nera Pivesuvia, femme de Tétricus, laquelle aurait fait quelque bien à la cité de Turbul. Mais, à cause des mares, je préfère l'étymologie[2] de νηρός. »

Il prit une prise de tabac d'un air satisfait.

« Mais laissons les Phéniciens, et revenons à l'inscription. Je traduis donc : À Vénus de Boulternère Myron dédie par son ordre cette statue, son ouvrage. »

Je me gardai bien de critiquer son étymologie, mais je voulus à mon tour faire preuve de pénétration, et je lui dis :

« Halte-là, monsieur. Myron a consacré quelque chose, mais je ne vois nullement que ce soit cette statue.

– Comment ! s'écria-t-il, Myron n'était-il pas un fameux sculpteur grec ? Le talent se sera perpétué dans sa famille : c'est un de ses descendants qui aura fait cette statue. Il n'y rien de plus sûr.

– Mais, répliquai-je, je vois sur le bras un petit trou. Je pense qu'il a servi à fixer quelque chose, un bracelet, par exemple, que ce Myron donna à Vénus en offrande expiatoire[3]. Myron était un amant malheureux. Vénus était irritée contre lui : il l'apaisa en lui consacrant un bracelet d'or. Remarquez que *fecit*[4] se prend fort souvent pour *consecravit*[5]. Ce sont termes synonymes. Je vous

1. **Hybride** : formé d'éléments d'origines diverses.
2. **Étymologie** : origine d'un mot.
3. **Expiatoire** : qui est destiné à réparer une faute morale.
4. ***Fecit*** (latin) : « il fit ».
5. ***Consecravit*** (latin) : « il consacra ».

en montrerais plus d'un exemple si j'avais sous la main Gruter
485 ou bien Orelli[1]. Il est naturel qu'un amoureux voie Vénus en rêve, qu'il s'imagine qu'elle lui commande de donner un bracelet d'or à sa statue. Myron lui consacra un bracelet... Puis les barbares[2] ou bien quelque voleur sacrilège[3]...

– Ah ! qu'on voit bien que vous avez fait des romans ! s'écria
490 mon hôte en me donnant la main pour descendre. Non, monsieur, c'est un ouvrage de l'école de Myron. Regardez seulement le travail, et vous en conviendrez. »

M'étant fait une loi de ne jamais contredire à outrance[4] les antiquaires entêtés, je baissai la tête d'un air convaincu en disant :

495 « C'est un admirable morceau.

– Ah ! mon Dieu, s'écria M. de Peyrehorade, encore un trait de vandalisme ! On aura jeté une pierre à ma statue ! »

Il venait d'apercevoir une marque blanche un peu au-dessus du sein de la Vénus. Je remarquai une trace semblable sur les
500 doigts de la main droite, qui, je le supposai alors, avaient été touchés dans le trajet de la pierre, ou bien un fragment s'en était détaché par le choc et avait ricoché sur la main. Je contai à mon hôte l'insulte dont j'avais été témoin et la prompte punition qui s'en était suivie. Il en rit beaucoup, et, comparant l'apprenti à
505 Diomède[5], il lui souhaita de voir, comme le héros grec, tous ses compagnons changés en oiseaux blancs.

1. **Gruter et Orelli** : deux philologues (spécialistes des langues), des XVIIe et XIXe siècles.
2. **Barbares** : étrangers pour les Grecs, les Romains et plus tard les Chrétiens.
3. **Sacrilège** : qui ne respecte pas ce qui est sacré.
4. **À outrance** : sans limite.
5. **Diomède** : roi et guerrier grec qui a été puni par Vénus (Aphrodite chez les Grecs) pour l'avoir blessée lors de la guerre de Troie.

M. de Peyrehorade pense que sa statue a été faite par un descendant du sculpteur Myron. Le narrateur, lui, pense autrement : Myron serait un homme qui a fait une offrande à la déesse Vénus, un bracelet peut-être, qui aurait été fixé sur le bras de la statue avant d'être arraché par des barbares.

La cloche du déjeuner interrompit cet entretien classique, et, de même que la veille, je fus obligé de manger comme quatre. Puis vinrent des fermiers de M. de Peyrehorade ; et, pendant qu'il
510 leur donnait audience[1], son fils me mena voir une calèche qu'il avait achetée à Toulouse pour sa fiancée, et que j'admirai, cela va sans dire. Ensuite j'entrai avec lui dans l'écurie, où il me tint une demi-heure à me vanter ses chevaux, à me faire leur généalogie[2], à me conter les prix qu'ils avaient gagnés aux courses du départe-
515 ment. Enfin, il en vint à me parler de sa future, par la transition d'une jument grise qu'il lui destinait.

« Nous la verrons aujourd'hui, dit-il. Je ne sais si vous la trouverez jolie. Vous êtes difficiles, à Paris ; mais tout le monde, ici et à Perpignan, la trouve charmante. Le bon, c'est qu'elle est fort
520 riche. Sa tante de Prades lui a laissé son bien. Oh ! je vais être fort heureux. »

Je fus profondément choqué de voir un jeune homme paraître plus touché de la dot[3] que des beaux yeux de sa future. « Vous vous connaissez en bijoux, poursuivit M. Alphonse, comment
525 trouvez-vous ceci ? Voici l'anneau que je lui donnerai demain. »

En parlant ainsi, il tirait de la première phalange de son petit doigt une grosse bague enrichie de diamants, et formée de deux mains entrelacées ; allusion qui me parut infiniment poétique. Le travail en était ancien, mais je jugeai qu'on l'avait retouchée
530 pour enchâsser[4] les diamants. Dans l'intérieur de la bague se

1. **Donnait audience** : dialoguait.
2. **Généalogie** : liste des ancêtres.
3. **Dot** : bien apporté par la mariée.
4. **Enchâsser** : encastrer, fixer.

lisaient ces mots en lettres gothiques[1] : *Sempr'ab ti*, c'est-à-dire, toujours avec toi.

« C'est une jolie bague, lui dis-je ; mais ces diamants ajoutés lui ont fait perdre un peu de son caractère.

535 – Oh ! elle est bien plus belle comme cela, répondit-il en souriant. Il y a là pour douze cents francs de diamants. C'est ma mère qui me l'a donnée. C'était une bague de famille, très ancienne... du temps de la chevalerie. Elle avait servi à ma grand-mère, qui la tenait de la sienne. Dieu sait quand cela a été fait.

540 – L'usage à Paris, lui dis-je, est de donner un anneau tout simple, ordinairement composé de deux métaux différents, comme de l'or et du platine. Tenez, cette autre bague, que vous avez à ce doigt, serait fort convenable. Celle-ci, avec ses diamants et ses mains en relief, est si grosse, qu'on ne pourrait mettre un gant 545 par-dessus.

– Oh ! Mme Alphonse s'arrangera comme elle voudra. Je crois qu'elle sera toujours bien contente de l'avoir. Douze cents francs au doigt, c'est agréable. Cette petite bague-là, ajouta-t-il en regardant d'un air de satisfaction l'anneau tout uni qu'il portait à la main●, 550 celle-là, c'est une femme à Paris qui me l'a donnée un jour de Mardi gras. Ah ! comme je m'en suis donné[2] quand j'étais à Paris, il y a deux ans ! C'est là qu'on s'amuse !... » Et il soupira de regret.

1. **Lettres gothiques** : écriture formée de caractères droits, d'angles et de crochets, qui succéda vers le XIIe siècle à l'écriture romane.
2. **Je m'en suis donné** : je me suis bien amusé, je me suis donné du bon temps.

● **M. Alphonse porte deux bagues. L'une à son petit doigt est destinée à sa fiancée ; enrichie de diamants et formée de deux mains entrelacées, c'est une bague de famille que sa mère lui a donnée. L'autre, un anneau simple qu'il porte à un autre doigt, est le cadeau d'une femme avec laquelle il a eu une aventure amoureuse à Paris.**

Nous devions dîner ce jour-là à Puygarrig, chez les parents de la future ; nous montâmes en calèche, et nous nous rendîmes au château, éloigné d'Ille d'environ une lieue et demie. Je fus présenté et accueilli comme l'ami de la famille. Je ne parlerai pas du dîner ni de la conversation qui s'ensuivit, et à laquelle je pris peu de part. M. Alphonse, placé à côté de sa future, lui disait un mot à l'oreille tous les quarts d'heure. Pour elle, elle ne levait guère les yeux, et, chaque fois que son prétendu[1] lui parlait, elle rougissait avec modestie, mais lui répondait sans embarras.

Mlle de Puygarrig avait dix-huit ans ; sa taille souple et délicate contrastait avec les formes osseuses de son robuste fiancé. Elle était non seulement belle, mais séduisante. J'admirais le naturel parfait de toutes ses réponses ; et son air de bonté, qui pourtant n'était pas exempt d'une légère teinte de malice, me rappela, malgré moi, la Vénus de mon hôte. Dans cette comparaison que je fis en moi-même, je me demandais si la supériorité de beauté qu'il fallait bien accorder à la statue ne tenait pas, en grande partie, à son expression de tigresse ; car l'énergie, même dans les mauvaises passions, excite toujours en nous un étonnement et une espèce d'admiration involontaire.

« Quel dommage, me dis-je en quittant Puygarrig, qu'une si aimable personne soit riche, et que sa dot la fasse rechercher par un homme indigne d'elle ! »

En revenant à Ille, et ne sachant trop que dire à Mme de Peyrehorade, à qui je croyais convenable d'adresser quelquefois la parole :

1. **Prétendu** : futur marié, fiancé.

« Vous êtes bien esprits forts[1] en Roussillon ! m'écriai-je ; comment, madame, vous faites un mariage un vendredi[2] ! À Paris, nous aurions plus de superstition ; personne n'oserait prendre femme un tel jour.

– Mon Dieu ! ne m'en parlez pas, me dit-elle, si cela n'avait dépendu que de moi, certes on eût choisi un autre jour. Mais Peyrehorade l'a voulu, et il a fallu lui céder. Cela me fait de la peine pourtant. S'il arrivait quelque malheur ? Il faut bien qu'il y ait une raison car enfin pourquoi tout le monde a-t-il peur du vendredi ?

– Vendredi ! s'écria son mari, c'est le jour de Vénus ! Bon jour pour un mariage ! Vous le voyez, mon cher collègue, je ne pense qu'à ma Vénus. D'honneur[3] ! c'est à cause d'elle que j'ai choisi le vendredi. Demain, si vous voulez, avant la noce, nous lui ferons un petit sacrifice, nous sacrifierons deux palombes, et si je savais où trouver de l'encens...

– Fi donc, Peyrehorade ! interrompit sa femme scandalisée au dernier point. Encenser[4] une idole ! Ce serait une abomination ! Que dirait-on de nous dans le pays ?

– Au moins, dit M. de Peyrehorade, tu me permettras de lui mettre sur la tête une couronne de roses et de lis :

Manibus date lilia plenis[5].

1. **Esprits forts** : peu superstitieux.
2. **Vendredi** : jour de la mort du Christ (le vendredi saint).
3. **D'honneur** : parole d'honneur.
4. **Encenser** : faire brûler de l'encens en signe d'adoration.
5. ***Manibus date lilia plenis*** (latin) : « Donnez des lis à pleines mains » (*L'Énéide*, Virgile).

Vous le voyez, monsieur, la Charte[1] est un vain mot. Nous n'avons pas la liberté des cultes ! »

Les arrangements du lendemain furent réglés de la manière suivante. Tout le monde devait être prêt et en toilette à dix heures
605 précises. Le chocolat pris, on se rendrait en voiture à Puygarrig. Le mariage civil devait se faire à la mairie du village, et la cérémonie religieuse dans la chapelle du château. Viendrait ensuite un déjeuner. Après le déjeuner on passerait le temps comme l'on pourrait jusqu'à sept heures. À sept heures, on retournerait à Ille,
610 chez M. de Peyrehorade, où devaient souper les deux familles réunies. Le reste s'ensuit naturellement. Ne pouvant danser, on avait voulu manger le plus possible.

Dès huit heures, j'étais assis devant la Vénus, un crayon à la main, recommençant pour la vingtième fois la tête de la statue,
615 sans pouvoir parvenir à en saisir l'expression. M. de Peyrehorade allait et venait autour de moi, me donnait des conseils, me répétait ses étymologies phéniciennes ; puis disposait des roses du Bengale sur le piédestal de la statue, et d'un ton tragi-comique lui adressait des vœux pour le couple qui allait vivre sous son toit.
620 Vers neuf heures il rentra pour songer à sa toilette, et en même temps parut M. Alphonse, bien serré dans un habit neuf, en gants blancs, souliers vernis, boutons ciselés[2], une rose à la boutonnière.

« Vous ferez le portrait de ma femme ? me dit-il en se penchant
625 sur mon dessin. Elle est jolie aussi. »

1. **La Charte** : constitution votée sous la Restauration en 1814, modifiée après la révolution de 1830 ; elle octroyait la liberté des cultes.
2. **Ciselés** : polis avec soin.

La Charte de 1814 garantit la liberté des cultes, mais M. de Peyrehorade souligne ici que la religion catholique est considérée comme la religion officielle de la majorité des Français et qu'on est vite jugé si on va contre ses préceptes.

En ce moment commençait, sur le jeu de paume dont j'ai parlé, une partie qui, sur-le-champ, attira l'attention de M. Alphonse. Et moi, fatigué, et désespérant de rendre cette diabolique figure, je quittai bientôt mon dessin pour regarder les joueurs. Il y avait parmi 630 eux quelques muletiers[1] espagnols arrivés de la veille. C'étaient des Aragonais et des Navarrois[2], presque tous d'une adresse merveilleuse. Aussi les Illois, bien qu'encouragés par la présence et les conseils de M. Alphonse, furent-ils assez promptement battus par ces nouveaux champions. Les spectateurs nationaux étaient 635 consternés. M. Alphonse regarda sa montre. Il n'était encore que neuf heures et demie. Sa mère n'était pas coiffée. Il n'hésita plus : il ôta son habit, demanda une veste, et défia les Espagnols. Je le regardais faire en souriant, et un peu surpris.

« Il faut soutenir l'honneur du pays », dit-il.

640 Alors je le trouvai vraiment beau. Il était passionné. Sa toilette, qui l'occupait si fort tout à l'heure, n'était plus rien pour lui. Quelques minutes avant, il eût craint de tourner la tête de peur de déranger sa cravate. Maintenant il ne pensait plus à ses cheveux frisés ni à son jabot[3] si bien plissé. Et sa fiancée ?... Ma foi, si cela 645 eût été nécessaire, il aurait, je crois, fait ajourner le mariage. Je le vis chausser à la hâte une paire de sandales, retrousser ses manches, et, d'un air assuré, se mettre à la tête du parti vaincu, comme César ralliant ses soldats à Dyrrachium[4]. Je sautai la haie, et me plaçai commodément à l'ombre d'un micocoulier[5], de façon à 650 bien voir les deux camps.

1. **Muletiers** : conducteurs de mules et mulets.
2. **Aragonais et Navarrois** : de l'Aragon et de la Navarre, deux régions d'Espagne.
3. **Jabot** : ornement en dentelle ou mousseline attaché à la base du col d'une chemise.
4. **Dyrrachium** : en Illyrie, aujourd'hui l'Albanie. Pompée y bat César en 48 av. J.-C.
5. **Micocoulier** : arbre méridional.

Contre l'attente générale, M. Alphonse manqua la première balle ; il est vrai qu'elle vint rasant la terre et lancée avec une force surprenante par un Aragonais qui paraissait être le chef des Espagnols. C'était un homme d'une quarantaine d'années, sec et
655 nerveux, haut de six pieds, et sa peau olivâtre avait une teinte presque aussi foncée que le bronze de la Vénus.

M. Alphonse jeta sa raquette à terre avec fureur.

« C'est cette maudite bague, s'écria-t-il, qui me serre le doigt et me fait manquer une balle sûre ! »

660 Il ôta, non sans peine, sa bague de diamants : je m'approchais pour la recevoir ; mais il me prévint[1], courut à la Vénus, lui passa la bague au doigt annulaire[2], et reprit son poste à la tête des Illois.

Il était pâle, mais calme et résolu. Dès lors il ne fit plus une
665 seule faute, et les Espagnols furent battus complètement. Ce fut un beau spectacle que l'enthousiasme des spectateurs : les uns poussaient mille cris de joie en jetant leurs bonnets en l'air ; d'autres lui serraient les mains, l'appelant l'honneur du pays. S'il eût repoussé une invasion, je doute qu'il eût reçu des félicitations
670 plus vives et plus sincères. Le chagrin des vaincus ajoutait encore à l'éclat de sa victoire.

« Nous ferons d'autres parties, mon brave, dit-il à l'Aragonais d'un ton de supériorité ; mais je vous rendrai des points[3]. »

J'aurais désiré que M. Alphonse fût plus modeste, et je fus
675 presque peiné de l'humiliation de son rival.

1. **Prévint** : devança.
2. **Annulaire** : doigt auquel on passe l'alliance.
3. **Je vous rendrai des points** : je vous accorderai des points d'avance.

Lithograhie de Mariano Andreu pour La Vénus d'Ille. *Éditions Les Bibliophiles du Palais, 1961. Paris, BNF.*

Le géant espagnol ressentit profondément cette insulte. Je le vis pâlir sous sa peau basanée[1]. Il regardait d'un air morne sa raquette en serrant les dents ; puis, d'une voix étouffée, il dit tout bas : *Me lo pagaras*[2].

680 La voix de M. de Peyrehorade troubla le triomphe de son fils : mon hôte, fort étonné de ne point le trouver présidant aux apprêts[3] de la calèche neuve, le fut bien plus encore en le voyant tout en sueur la raquette à la main. M. Alphonse courut à la maison, se lava la figure et les mains, remit son habit neuf et ses 685 souliers vernis, et cinq minutes après nous étions au grand trot sur la route de Puygarrig. Tous les joueurs de paume de la ville et grand nombre de spectateurs nous suivirent avec des cris de joie. À peine les chevaux vigoureux qui nous traînaient pouvaient-ils maintenir leur avance sur ces intrépides Catalans.

690 Nous étions à Puygarrig, et le cortège allait se mettre en marche pour la mairie, lorsque M. Alphonse, se frappant le front, me dit tout bas :

« Quelle brioche[4] ! J'ai oublié la bague ! Elle est au doigt de la Vénus, que le diable puisse emporter ! Ne le dites pas à ma mère 695 au moins. Peut-être qu'elle ne s'apercevra de rien.

– Vous pourriez envoyer quelqu'un, lui dis-je.

– Bah ! mon domestique est resté à Ille ; ceux-ci, je ne m'y fie guère. Douze cents francs de diamants ! cela pourrait en tenter plus d'un. D'ailleurs que penserait-on ici de ma distraction ? Ils

1. **Basanée** : bronzée.
2. ***Me lo pagaras*** (espagnol) : « Tu me le paieras ».
3. **Apprêts** : préparatifs.
4. **Quelle brioche !** : quelle bêtise !

Placée à cet endroit du récit, cette scène qui s'achève par une menace contribue à accentuer la tension. La phrase de l'Aragonais sera importante pour la suite du récit.

700 se moqueraient trop de moi. Ils m'appelleraient le mari de la statue... Pourvu qu'on ne me la vole pas ! Heureusement que l'idole fait peur à mes coquins. Ils n'osent l'approcher à longueur de bras. Bah ! ce n'est rien ; j'ai une autre bague. »

Les deux cérémonies civile et religieuse s'accomplirent avec la 705 pompe[1] convenable ; et Mlle de Puygarrig reçut l'anneau d'une modiste[2] de Paris, sans se douter que son fiancé lui faisait le sacrifice d'un gage[3] amoureux●. Puis on se mit à table, où l'on but, mangea, chanta même, le tout fort longuement. Je souffrais pour la mariée de la grosse joie[4] qui éclatait autour d'elle : pour- 710 tant elle faisait meilleure contenance[5] que je ne l'aurais espéré, et son embarras n'était ni de la gaucherie ni de l'affectation[6].

Peut-être le courage vient-il avec les situations difficiles.

Le déjeuner terminé quand il plut à Dieu, il était quatre heures ; les hommes allèrent se promener dans le parc, qui était 715 magnifique, ou regardèrent danser sur la pelouse du château les paysannes de Puygarrig, parées de leurs habits de fête. De la sorte, nous employâmes quelques heures. Cependant les femmes étaient fort empressées autour de la mariée, qui leur faisait admirer sa corbeille[7]. Puis elle changea de toilette, et je remar- 720 quai qu'elle couvrit ses beaux cheveux d'un bonnet et d'un chapeau à plumes, car les femmes n'ont rien de plus pressé que de

1. **Pompe** : grandeur, faste.
2. **Modiste** : qui confectionne des chapeaux de femmes.
3. **Gage** : témoignage, preuve.
4. **Grosse joie** : manière vulgaire d'exprimer de la joie.
5. **Contenance** : façon d'être, apparence.
6. **Affectation** : hypocrisie, superficialité.
7. **Corbeille** : ensemble des cadeaux offerts à la mariée, disposés dans une corbeille.

● **M. Alphonse a passé au doigt de sa femme l'anneau que lui avait offert sa petite amie parisienne, tandis qu'il a passé au doigt de la statue la bague de diamants qu'il destinait à sa femme.**

prendre, aussitôt qu'elles le peuvent, les parures que l'usage leur défend de porter quand elles sont encore demoiselles.

Il était près de huit heures quand on se disposa à partir pour
725 Ille. Mais d'abord eut lieu une scène pathétique[1]. La tante de Mlle de Puygarrig, qui lui servait de mère, femme très âgée et fort dévote[2], ne devait point aller avec nous à la ville. Au départ elle fit à sa nièce un sermon[3] touchant sur ses devoirs d'épouse, duquel sermon résulta un torrent de larmes et des embrasse-
730 ments sans fin. M. de Peyrehorade comparait cette séparation à l'enlèvement des Sabines[4]*. Nous partîmes pourtant, et, pendant la route, chacun s'évertua pour distraire la mariée et la faire rire ; mais ce fut en vain.

À Ille, le souper nous attendait, et quel souper ! Si la grosse joie
735 du matin m'avait choqué, je le fus bien davantage des équivoques[5] et des plaisanteries dont le marié et la mariée surtout furent l'objet. Le marié, qui avait disparu un instant avant de se mettre à table, était pâle et d'un sérieux de glace. Il buvait à chaque instant du vieux vin de Collioure[6] presque aussi fort que de l'eau-
740 de-vie. J'étais à côté de lui, et me crus obligé de l'avertir :

« Prenez garde ! on dit que le vin... »

Je ne sais quelle sottise je lui dis pour me mettre à l'unisson des convives[7].

1. **Pathétique** : émouvante, triste.
2. **Dévote** : attachée à la religion (terme souvent péjoratif).
3. **Sermon** : discours moralisateur.
4. **L'enlèvement des Sabines** : épisode fameux qui raconte comment les Romains avaient enlevé à leurs voisins, les Sabins, leurs femmes et leurs jeunes filles pour répondre à la pénurie de femmes à Rome.
5. **Équivoques** : mauvais jeux de mots.
6. **Collioure** : port de pêche, au sud de Perpignan.
7. **Convives** : invités.

Il me poussa le genou, et très bas il me dit :

745 « Quand on se lèvera de table... que je puisse vous dire deux mots. »

Son ton solennel[1] me surprit. Je le regardai plus attentivement, et je remarquai l'étrange altération[2] de ses traits.

« Vous sentez-vous indisposé ? lui demandai-je.

750 – Non. »

Et il se remit à boire.

Cependant, au milieu des cris et des battements de mains, un enfant de onze ans, qui s'était glissé sous la table, montrait aux assistants un joli ruban blanc et rose qu'il venait de détacher de 755 la cheville de la mariée. On appelle cela sa jarretière. Elle fut aussitôt coupée par morceaux et distribuée aux jeunes gens, qui en ornèrent leur boutonnière, suivant un antique usage qui se conserve encore dans quelques familles patriarcales[3]. Ce fut pour la mariée une occasion de rougir jusqu'au blanc des yeux... Mais 760 son trouble fut au comble lorsque M. de Peyrehorade, ayant réclamé le silence, lui chanta quelques vers catalans, impromptu[4], disait-il. En voici le sens, si je l'ai bien compris :

« Qu'est-ce donc, mes amis ? Le vin que j'ai bu me fait-il voir double ? Il y a deux Vénus ici... »

765 Le marié tourna brusquement la tête d'un air effaré, qui fit rire tout le monde.

« Oui, poursuivit M. de Peyrehorade, il y a deux Vénus sous mon toit. L'une, je l'ai trouvée dans la terre comme une truffe ;

1. **Solennel** : sérieux.
2. **Altération** : modification.
3. **Patriarcales** : aux moeurs archaïques (en référence à l'époque des patriarches de la Bible).
4. **Impromptu** : à l'improviste.

l'autre, descendue des cieux, vient de nous partager sa cein-
770 ture. »

Il voulait dire sa jarretière.

« Mon fils, choisis de la Vénus romaine ou de la catalane celle que tu préfères. Le maraud prend la catalane, et sa part est la meilleure. La romaine est noire, la catalane est blanche. La romaine
775 est froide, la catalane enflamme tout ce qui l'approche. »

Cette chute excita un tel hourra, des applaudissements si bruyants et des rires si sonores, que je crus que le plafond allait nous tomber sur la tête. Autour de la table, il n'y avait que trois visages sérieux, ceux des mariés et le mien. J'avais un grand mal
780 de tête ; et puis, je ne sais pourquoi, un mariage m'attriste toujours. Celui-là, en outre, me dégoûtait un peu.

Les derniers couplets ayant été chantés par l'adjoint du maire, et ils étaient fort lestes[1], je dois le dire, on passa dans le salon pour jouir du départ de la mariée, qui devait être bientôt conduite
785 à sa chambre, car il était près de minuit.

M. Alphonse me tira dans l'embrasure d'une fenêtre, et me dit en détournant les yeux :

« Vous allez vous moquer de moi... Mais je ne sais ce que j'ai... je suis ensorcelé ! le diable m'emporte ! »

790 La première pensée qui me vint fut qu'il se croyait menacé de quelque malheur du genre de ceux dont parlent Montaigne et Mme de Sévigné[2] :

1. **Lestes** : ici, osés.
2. **Montaigne et Mme de Sévigné** : écrivains français des XVIe et XVIIe siècles, ayant notamment traité de l'impuissance masculine.

M. de Peyrehorade évoque deux Vénus, la statue qu'il appelle la Romaine, et la mariée qui est la Catalane. Cette comparaison grivoise affole son fils car il hésite déjà entre une explication logique ou surnaturelle des événements. Un instant, il croit même que son père voit s'avancer vers eux la statue de Vénus.

« Tout l'empire amoureux est plein d'histoires tragiques, etc. »

Je croyais que ces sortes d'accidents n'arrivaient qu'aux gens 795 d'esprit, me dis-je à moi-même.

« Vous avez trop bu de vin de Collioure, mon cher monsieur Alphonse, lui dis-je. Je vous avais prévenu.

– Oui, peut-être. Mais c'est quelque chose de bien plus terrible. »

800 Il avait la voix entrecoupée. Je le crus tout à fait ivre.

« Vous savez bien, mon anneau ? poursuivit-il après un silence.

– Eh bien ! on l'a pris ?

– Non.

805 – En ce cas, vous l'avez ?

– Non... je... je ne puis l'ôter du doigt de cette diable de Vénus.

– Bon ! vous n'avez pas tiré assez fort.

– Si fait... Mais la Vénus... elle a serré le doigt. »

Il me regardait fixement d'un air hagard, s'appuyant à l'espa- 810 gnolette[1] pour ne pas tomber.

« Quel conte ! lui dis-je. Vous avez trop enfoncé l'anneau. Demain vous l'aurez avec des tenailles. Mais prenez garde de gâter la statue.

– Non, vous dis-je. Le doigt de la Vénus est retiré[2], reployé[3] ; 815 elle serre la main, m'entendez-vous ?... C'est ma femme, apparemment, puisque je lui ai donné mon anneau... Elle ne veut plus le rendre. »

1. **Espagnolette** : poignée de la fenêtre.
2. **Retiré** : contracté.
3. **Reployé** : replié.

J'éprouvai un frisson subit, et j'eus un instant la chair de poule. Puis, un grand soupir qu'il fit m'envoya une bouffée de vin, et 820 toute émotion disparut.

Le misérable, pensai-je, est complètement ivre.

« Vous êtes antiquaire, monsieur, ajouta le marié d'un ton lamentable, vous connaissez ces statues-là… il y a peut-être quelque ressort, quelque diablerie[1], que je ne connais point… Si vous 825 alliez voir ?

– Volontiers, dis-je. Venez avec moi.

– Non, j'aime mieux que vous y alliez seul. »

Je sortis du salon.

Le temps avait changé pendant le souper, et la pluie commençait 830 à tomber avec force. J'allais demander un parapluie, lorsqu'une réflexion m'arrêta. « Je serais un bien grand sot, me dis-je, d'aller vérifier ce que m'a dit un homme ivre ! Peut-être, d'ailleurs, a-t-il voulu me faire quelque méchante plaisanterie pour apprêter à rire à ces honnêtes provinciaux ; et le moins qu'il puisse m'en 835 arriver, c'est d'être trempé jusqu'aux os et d'attraper un bon rhume. »

De la porte je jetai un coup d'œil sur la statue ruisselante d'eau, et je montai dans ma chambre sans rentrer dans le salon. Je me couchai ; mais le sommeil fut long à venir. Toutes les scènes de la 840 journée se représentaient à mon esprit. Je pensais à cette jeune fille si belle et si pure abandonnée à un ivrogne brutal. Quelle odieuse chose, me disais-je, qu'un mariage de convenance[2] ! Un maire revêt une écharpe tricolore, un curé une étole[3], et voilà la

1. **Diablerie** : mécanisme secret.
2. **Mariage de convenance** : mariage arrangé par les familles, mariage sans amour.
3. **Étole** : bande d'étoffe portée par les curés.

plus honnête fille du monde livrée au Minotaure[1]* ! Deux êtres
845 qui ne s'aiment pas, que peuvent-ils se dire dans un pareil moment, que deux amants achèteraient au prix de leur existence ? Une femme peut-elle jamais aimer un homme qu'elle aura vu grossier une fois ? Les premières impressions ne s'effacent pas, et, j'en suis sûr, ce M. Alphonse méritera bien d'être haï...

850 Durant mon monologue, que j'abrège beaucoup, j'avais entendu force allées et venues dans la maison, les portes s'ouvrir et se fermer, des voitures partir ; puis il me semblait avoir entendu sur l'escalier les pas légers de plusieurs femmes se dirigeant vers l'extrémité du corridor opposée à ma chambre. C'était probable-
855 ment le cortège de la mariée qu'on menait au lit. Ensuite on avait redescendu l'escalier. La porte de Mme de Peyrehorade s'était fermée. Que cette pauvre fille, me dis-je, doit être troublée et mal à son aise ! Je me tournais dans mon lit de mauvaise humeur. Un garçon joue un sot rôle dans une maison où s'accomplit un
860 mariage.

Le silence régnait depuis quelque temps lorsqu'il fut troublé par des pas lourds qui montaient l'escalier. Les marches de bois craquèrent fortement.

« Quel butor[2] ! m'écriai-je. Je parie qu'il va tomber dans
865 l'escalier. »

1. **Minautore** : monstre de la mythologie grecque à qui on livrait chaque année dans son labyrinthe sept garçons et sept filles.
2. **Butor** : homme grossier.

Le narrateur pense qu'il s'agit du marié, saoul et donc bruyant, qui monte les marches pour rejoindre la mariée dans la chambre nuptiale. L'identité de celui qui monte l'escalier à ce moment-là du récit n'est pas révélée. C'est important pour la suite.

Tout redevint tranquille. Je pris un livre pour changer le cours de mes idées. C'était une statistique du département, ornée d'un mémoire de M. de Peyrehorade sur les monuments druidiques[1] de l'arrondissement de Prades. Je m'assoupis à la troisième 870 page.

Je dormis mal et me réveillai plusieurs fois. Il pouvait être cinq heures du matin, et j'étais éveillé depuis plus de vingt minutes, lorsque le coq chanta. Le jour allait se lever. Alors j'entendis distinctement les mêmes pas lourds, le même craquement de 875 l'escalier que j'avais entendus avant de m'endormir. Cela me parut singulier. J'essayai, en baillant, de deviner pourquoi M. Alphonse

1. **Monuments druidiques** : dolmens et menhirs.

se levait si matin. Je n'imaginais rien de vraisemblable. J'allais refermer les yeux lorsque mon attention fut de nouveau excitée par des trépignements étranges auxquels se mêlèrent bientôt le tintement des sonnettes et le bruit de portes qui s'ouvraient avec fracas, puis je distinguai des cris confus.

« Mon ivrogne aura mis le feu quelque part ! » pensais-je en sautant à bas de mon lit.

Je m'habillai rapidement et j'entrai dans le corridor. De l'extrémité opposée partaient des cris et des lamentations, et une voix déchirante dominait toutes les autres : « Mon fils ! mon fils ! » Il était évident qu'un malheur était arrivé à M. Alphonse. Je courus à la chambre nuptiale[1] : elle était pleine de monde. Le premier spectacle qui frappa ma vue fut le jeune homme à demi vêtu, étendu en travers sur le lit dont le bois était brisé. Il était livide[2], sans mouvement. Sa mère pleurait et criait à côté de lui. M. de Peyrehorade s'agitait, lui frottait les tempes avec de l'eau de Cologne, ou lui mettait des sels sous le nez. Hélas ! depuis longtemps son fils était mort. Sur un canapé, à l'autre bout de la chambre, était la mariée, en proie à d'horribles convulsions. Elle poussait des cris inarticulés, et deux robustes servantes avaient toutes les peines du monde à la contenir.

« Mon Dieu ! m'écriai-je, qu'est-il donc arrivé ? »

Je m'approchai du lit et soulevai le corps du malheureux jeune homme ; il était déjà raide et froid. Ses dents serrées et sa figure noircie exprimaient les plus affreuses angoisses. Il paraissait assez que sa mort avait été violente et son agonie terrible. Nulle

1. **Chambre nuptiale** : chambre des mariés.
2. **Livide** : très pâle.

trace de sang cependant sur ses habits. J'écartai sa chemise et vis sur sa poitrine une empreinte livide[1] qui se prolongeait sur les côtes et le dos. On eût dit qu'il avait été étreint dans un cercle de fer. Mon pied posa sur quelque chose de dur qui se trouvait sur le tapis ; je me baissai et vis la bague de diamants.

J'entraînai M. de Peyrehorade et sa femme dans leur chambre ; puis j'y fis porter la mariée.

« Vous avez encore une fille, leur dis-je, vous lui devez vos soins. » Alors je les laissai seuls.

Il ne me paraissait pas douteux que M. Alphonse n'eût été victime d'un assassinat dont les auteurs avaient trouvé moyen de s'introduire la nuit dans la chambre de la mariée. Ces meurtrissures à la poitrine, leur direction circulaire m'embarrassaient beaucoup pourtant, car un bâton ou une barre de fer n'aurait pu les produire. Tout d'un coup, je me souvins d'avoir entendu dire qu'à Valence[2] des braves[3] se servaient de longs sacs de cuir remplis de sable fin pour assommer les gens dont on leur avait payé la mort. Aussitôt, je me rappelai le muletier aragonais et sa menace ; toutefois, j'osais à peine penser qu'il eût tiré une si terrible vengeance d'une plaisanterie légère.

J'allais dans la maison, cherchant partout des traces d'effraction, et n'en trouvant nulle part. Je descendis dans le jardin pour voir si les assassins avaient pu s'introduire de ce côté ; mais je ne trouvai aucun indice certain. La pluie de la veille avait d'ailleurs tellement détrempé le sol, qu'il n'aurait pu garder d'empreinte

1. **Livide** : ici, de couleur bleuâtre.
2. **Valence** : ville espagnole.
3. **Braves** : ici, tueurs à gages.

Le narrateur suspecte le muletier espagnol que M. Alphonse avait humilié au jeu de paume.

bien nette. J'observai pourtant quelques pas profondément imprimés dans la terre ; il y en avait dans deux directions contraires, 930 mais sur une même ligne, partant de l'angle de la haie contiguë[1] au jeu de paume et aboutissant à la porte de la maison. Ce pouvaient être les pas de M. Alphonse lorsqu'il était allé chercher son anneau au doigt de la statue. D'un autre côté, la haie, en cet endroit, étant moins fourrée qu'ailleurs, ce devait être sur ce 935 point que les meurtriers l'auraient franchie. Passant et repassant devant la statue, je m'arrêtai un instant pour la considérer. Cette fois, je l'avouerai, je ne pus contempler sans effroi son expression de méchanceté ironique ; et, la tête toute pleine des scènes horribles dont je venais d'être le témoin, il me sembla voir une 940 divinité infernale applaudissant au malheur qui frappait cette maison.

Je regagnai ma chambre et j'y restai jusqu'à midi. Alors je sortis et demandai des nouvelles de mes hôtes. Ils étaient un peu plus calmes. Mlle de Puygarrig, je devrais dire la veuve de 945 M. Alphonse, avait repris connaissance. Elle avait même parlé au procureur du roi[2] de Perpignan, alors en tournée à Ille, et ce magistrat avait reçu sa déposition[3]. Il me demanda la mienne. Je lui dis ce que je savais, et ne lui cachai pas mes soupçons contre le muletier aragonais. Il ordonna qu'il fût arrêté sur-le-champ.

950 « Avez-vous appris quelque chose de Mme Alphonse ? » demandai-je au procureur du roi, lorsque ma déposition fut écrite et signée.

1. **Contiguë** : voisine.
2. **Procureur du roi** : officier de justice chargé des intérêts du roi.
3. **Déposition** : déclaration sous serment d'une personne qui témoigne en justice.

– Cette malheureuse jeune femme est devenue folle, me dit-il en souriant tristement. Folle ! tout à fait folle. Voici ce qu'elle
955 conte :

« Elle était couchée, dit-elle, depuis quelques minutes, les rideaux tirés, lorsque la porte de sa chambre s'ouvrit, et quelqu'un entra. Alors Mme Alphonse était dans la ruelle[1] du lit, la figure tournée vers la muraille. Elle ne fit pas un mouvement, persua-
960 dée que c'était son mari. Au bout d'un instant, le lit cria comme s'il était chargé d'un poids énorme. Elle eut grand-peur, mais n'osa pas tourner la tête. Cinq minutes, dix minutes peut-être... elle ne peut se rendre compte du temps, se passèrent de la sorte. Puis elle fit un mouvement involontaire, ou bien la personne qui
965 était dans le lit en fit un, et elle sentit le contact de quelque chose de froid comme la glace, ce sont ses expressions. Elle s'enfonça dans la ruelle, tremblant de tous ses membres. Peu après, la porte s'ouvrit une seconde fois, et quelqu'un entra qui dit : « Bonsoir, ma petite femme. » Bientôt après, on tira les rideaux. Elle enten-
970 dit un cri étouffé. La personne qui était dans le lit, à côté d'elle, se leva sur son séant[2] et parut étendre les bras en avant. Elle tourna la tête alors... et vit, dit-elle, son mari à genoux auprès du lit, la tête à la hauteur de l'oreiller, entre les bras d'une espèce de géant verdâtre qui l'étreignait avec force. Elle dit, et m'a répété vingt
975 fois, pauvre femme !... elle dit qu'elle a reconnu... devinez-vous ? La Vénus de bronze, la statue de M. de Peyrehorade... Depuis qu'elle est dans le pays, tout le monde en rêve. Mais je reprends le récit de la malheureuse folle. À ce spectacle, elle perdit connais-

1. **Ruelle** : espace entre le lit et le mur.
2. **Se leva sur son séant** : s'assit.

Il s'agit du récit rétrospectif que fait la mariée de sa nuit de noces qui tourna au cauchemar.

sance, et probablement depuis quelques instants elle avait perdu la raison. Elle ne peut en aucune façon dire combien de temps elle demeura évanouie. Revenue à elle, elle revit le fantôme, ou la statue, comme elle dit toujours, immobile, les jambes et le bas du corps dans le lit, le buste et les bras étendus en avant, et entre ses bras son mari, sans mouvement. Un coq chanta. Alors la statue sortit du lit, laissa tomber le cadavre et sortit. Mme Alphonse se pendit à la sonnette, et vous savez le reste. »

On amena l'Espagnol ; il était calme, et se défendit avec beaucoup de sang-froid et de présence d'esprit. Du reste, il ne nia pas le propos que j'avais entendu ; mais il l'expliquait, prétendant qu'il n'avait voulu dire autre chose, sinon que le lendemain, reposé qu'il serait, il aurait gagné une partie de paume à son vainqueur. Je me rappelle qu'il ajouta :

« Un Aragonais, lorsqu'il est outragé[1], n'attend pas au lendemain pour se venger. Si j'avais cru que M. Alphonse eût voulu m'insulter, je lui aurais sur-le-champ donné de mon couteau dans le ventre. »

On compara ses souliers avec les empreintes de pas dans le jardin ; ses souliers étaient beaucoup plus grands.

Enfin l'hôtelier chez qui cet homme était logé assura qu'il avait passé toute la nuit à frotter et à médicamenter un des ses mulets qui était malade.

D'ailleurs cet Aragonais était un homme bien famé[2], fort connu dans le pays, où il venait tous les ans pour son commerce. On le relâcha donc en lui faisant des excuses.

1. **Outragé** : insulté.
2. **Bien famé** : de bonne réputation.

1005 J'oubliais la déposition d'un domestique qui le dernier avait vu M. Alphonse vivant. C'était au moment qu'il allait monter chez sa femme, et, appelant cet homme, il lui demanda d'un air d'inquiétude s'il savait où j'étais. Le domestique répondit qu'il ne m'avait point vu. Alors M. Alphonse fit un soupir et resta plus 1010 d'une minute sans parler, puis il dit : *Allons ! le diable l'aura emporté aussi !*

Je demandai à cet homme si M. Alphonse avait sa bague de diamants lorsqu'il lui parla. Le domestique hésita pour répondre ; enfin il dit qu'il ne le croyait pas, qu'il n'y avait fait au reste 1015 aucune attention.

« S'il avait eu cette bague au doigt, ajouta-t-il en se reprenant, je l'aurais sans doute remarquée, car je croyais qu'il l'avait donnée à Mme Alphonse. »

En questionnant cet homme, je ressentais un peu de la terreur 1020 superstitieuse que la déposition de Mme Alphonse avait répandue dans toute la maison. Le procureur du roi me regarda en souriant, et je me gardai bien d'insister.

Quelques heures après les funérailles de M. Alphonse, je me disposai à quitter Ille. La voiture de M. de Peyrehorade devait me 1025 reconduire à Perpignan. Malgré son état de faiblesse, le pauvre vieillard voulut m'accompagner jusqu'à la porte de son jardin. Nous le traversâmes en silence, lui se traînant à peine, appuyé sur mon bras. Au moment de nous séparer, je jetai un dernier regard sur la Vénus. Je prévoyais bien que mon hôte, quoiqu'il ne 1030 partageât point les terreurs et les haines qu'elle inspirait à une partie de sa famille, voudrait se défaire d'un objet qui lui rappellerait sans cesse un malheur affreux. Mon intention était de l'engager à la placer dans un musée. J'hésitais pour entrer en matière, quand M. de Peyrehorade tourna machinalement la tête du côté où il me voyait regarder fixement. Il aperçut la statue et aussitôt fondit en larmes. Je l'embrassai, et, sans oser lui dire un seul mot, je montai dans la voiture.

Depuis mon départ je n'ai point appris que quelque jour[1] nouveau soit venu éclairer cette mystérieuse catastrophe.

M. de Peyrehorade mourut quelques mois après son fils. Par son testament il m'a légué ses manuscrits, que je publierai peut-être un jour. Je n'y ai point trouvé le mémoire relatif aux inscriptions de la Vénus.

P.-S. Mon ami M. de P. vient de m'écrire de Perpignan que la statue n'existe plus. Après la mort de son mari, le premier soin de Mme de Peyrehorade fut de la faire fondre en cloche, et sous cette nouvelle forme elle sert à l'église d'Ille. Mais, ajoute M. de P., il semble qu'un mauvais sort poursuive ceux qui possèdent ce bronze. Depuis que cette cloche sonne à Ille, les vignes ont gelé deux fois.

Prosper Mérimée, *La Vénus d'Ille*, 1837.

1. Jour : éclaircissement.

Le narrateur ne prend pas position en faveur d'une explication rationnelle ou d'une explication surnaturelle. La chute de la nouvelle est ouverte, c'est-à-dire qu'il revient au lecteur de choisir lui-même ou de rester dans l'hésitation fantastique.

Lithographie de Mariano Andreu pour La Vénus d'Ille.
Éditions Les Bibliophiles du Palais, 1961. Paris, BNF.

La Vénus d'Ille

Une nouvelle fantastique

REPÈRES

PARCOURS DE L'ŒUVRE

TEXTES ET IMAGES

Comment définir le genre de la nouvelle ?

La nouvelle se caractérise d'abord par sa brièveté. Pouvant comporter une seule ligne ou s'étendre sur plusieurs pages, elle présente une seule action principale, qui se développe en un minimum de temps, avec peu de personnages.

Le soir, Blandine Guérin, de Vaucé (Sarthe),
se dévêtit dans l'escalier et, nue comme un mur d'école,
alla se noyer au puits.

Nouvelles en trois lignes de F. Fénéon, 1990.

LES ORIGINES DE LA NOUVELLE

Le premier recueil de nouvelles, *Le Décaméron* (1348-1353), est écrit par l'italien Boccace : dix jeunes gens, pour fuir la peste de Florence, se réfugient pendant dix jours dans une campagne idyllique. Chacun raconte une histoire par jour (le thème privilégié est l'Amour), ce qui fait cent nouvelles.

Le mot « nouvelle » vient de l'italien « novella » qui désigne le récit d'un événement réel et récent. « Novel » (anglais) et « novela » (espagnol) désignent, eux, un roman. Une nouvelle se dit « short story » en anglais et « novela corta » en espagnol.

LA STRUCTURE DE LA NOUVELLE

Elle est jalonnée de points stratégiques : le titre, qui précède la lecture et prend souvent sens *a posteriori* (après la lecture) ; la chute, fin saisissante, qui a pour fonction de clore ou d'ouvrir, de provoquer réflexion ou rêverie chez le lecteur.

Un récit à effet

« La nouvelle a sur le roman à vastes proportions cet immense avantage que sa brièveté ajoute à l'intensité de l'effet. Cette lecture, qui peut être accomplie tout d'une haleine, laisse dans l'esprit un souvenir bien plus puissant qu'une lecture brisée, interrompue [...]. L'unité d'impression, la totalité d'effet est un avantage immense. »

Baudelaire, Notes nouvelles sur Edgar Poe, *1857.*

QUI RACONTE ? QUI SONT LES PERSONNAGES ?

– Le récit peut être écrit à la 1re personne : le narrateur est le héros de l'aventure ou un simple témoin. Le lecteur s'identifie alors au personnage.
Le récit peut aussi être écrit à la 3e personne : le lecteur a alors l'illusion que les événements se racontent tout seuls.
– Quant aux personnages, il s'agit parfois d'un individu, parfois d'un groupe (les bourgeois de province dans notre nouvelle), ou d'un type de personne (par exemple la prostituée au grand cœur dans *Boule de suif* de Maupassant). Un objet peut aussi, comme dans *La Vénus d'Ille*, tenir le rôle de personnage principal.

QUEL RÔLE JOUE L'ESPACE ?

L'espace renvoie à la réalité (le Roussillon chez Mérimée, la Normandie de Maupassant). Il a une fonction dans le déroulement de l'action. Dans *La Vénus d'Ille*, les mœurs de la province jouent un grand rôle.

LES DIFFÉRENTS RYTHMES DU RÉCIT

Il faut différencier temps de l'histoire et rythme de la narration. Qu'elle raconte une vie ou un moment de crise, la nouvelle reste un récit bref.
Le récit chronologique dramatise l'événement par l'exposé d'un déroulement irréversible : le mariage, dans la nouvelle de Mérimée, est d'abord annoncé puis préparé, enfin vécu par les personnages, jusqu'au lendemain de la nuit de noces où l'on découvre le cadavre du marié.
– À certains moments du récit, la durée est dilatée. Ainsi, l'auteur peut mettre en lumière un moment décisif à partir duquel bascule l'équilibre des choses : le moment où le jeune marié passe la bague au doigt de la Vénus.

Comme dans La Vénus d'Ille *de Mérimée.*

– L'auteur peut également raconter une vie en quelques pages, c'est alors une durée concentrée.

Par exemple Le K *de Dino Buzzati.*

- Enfin, la durée brouillée produit l'illusion d'un désordre mental ou affectif.

Comme dans La Peur *de Maupassant.*

Qu'est-ce qui caractérise une nouvelle fantastique ?

La nouvelle fantastique est un récit bref qui fait hésiter le lecteur entre le réel et l'irrationnel, comme le précise le critique Todorov : « Dans un monde qui est bien le nôtre [...] se produit un événement qui ne peut s'expliquer par les lois de ce même monde familier. »

● À L'ORIGINE

C'est au XIXe siècle que ce genre littéraire émerge, même s'il existait des romans fantastiques auparavant (*Le Moine*, Matthew Lewis, 1796). Récit court qui compte peu d'acteurs et une seule action principale (souvent un moment de crise), la nouvelle était l'écrin idéal pour recevoir cette atmosphère inquiétante et ces faits étranges qui envahissent le quotidien et l'esprit du personnage (mais aussi du lecteur) sans qu'il parvienne à trouver une explication rationnelle. L'engouement pour ce nouveau genre vient de la traduction des contes de l'Allemand Ernst Hoffman entre 1829 et 1833 : *Le Vase d'or*, *Les Élixirs du Diable*... Le succès est renforcé par la traduction des *Histoires extraordinaires* de l'anglais Edgar Poe par Baudelaire en 1856.

Auteurs de contes et de nouvelles fantastiques

*De nombreux écrivains du XIXe siècle composent des contes et des nouvelles fantastiques comme Théophile Gautier (*La Cafetière*, 1831), Mérimée (*La Vénus d'Ille*, 1837), Villiers de L'Isle-Adam (*Contes cruels*, 1883). Même les maîtres du réalisme s'y mettent : Balzac (*La Peau de chagrin*, 1831), Maupassant (*La Peur*, 1882 ; *Le Horla*, 1887)...*

● LES CARACTÉRISTIQUES D'UNE NOUVELLE FANTASTIQUE

– Le récit est souvent à la première personne, avec un point de vue* interne ; ainsi, le lecteur peut s'identifier au narrateur, témoin de faits étranges et inquiétants.

Comme dans La Vénus d'Ille.

– L'histoire se déroule dans un cadre réaliste (ici, une famille de bourgeois provinciaux), qui se teinte progressivement d'une atmosphère fantastique.

– Les lieux renvoient à la subjectivité : le lecteur les découvre à travers la conscience du personnage.
– L'auteur de récits fantastiques ne recrée pas un monde, il insère des événements inquiétants dans le monde où nous vivons et que nous croyons maîtriser.
– L'auteur ménage le suspense, maintient le doute jusqu'à la fin du récit.
– On hésite souvent entre deux explications : l'une réaliste, l'autre surnaturelle.

● LES ÉTAPES DE CONSTRUCTION DES RÉCITS FANTASTIQUES

– L'**introduction**, où le narrateur raconte une histoire qui lui est arrivée. Elle se déroule dans un cadre réaliste, connu de tous, mais certains éléments étranges créent déjà un sentiment de malaise.
– Puis certains phénomènes semblent mettre en garde le narrateur pour qu'il renonce : c'est l'**avertissement**.
– Lorsque le narrateur-personnage principal franchit la limite entre le réel et l'irréel, on est dans la **transgression**.
– Le lecteur passe alors dans une autre dimension, avec le narrateur : c'est le moment de l'**intrusion du surnaturel**.
– Enfin s'accomplit un **châtiment**, sous une forme différente selon les récits : la mort, la folie...

Figures et thèmes fantastiques

*– Le **revenant** peut prendre l'apparence d'un fantôme vêtu d'un drap blanc, mais aussi la forme d'un être évanescent, telle la femme dans* Apparition *de Maupassant.*
*– **« La chose sans nom »** terrifie d'autant plus qu'elle n'a pas de véritable forme. Elle avance tapie, se nourrissant de nos fantasmes les plus morbides (comme dans* La Peur *de Maupassant où il s'agit finalement du chien de famille).*
*– L'**objet** qui se déplace **ou la statue** qui s'anime (exemple :* la Vénus *de Mérimée).*
*– Une **vision** ou la **mort personnifiée** incarne notre appréhension de l'au-delà (le cadavre du marié ou « une espèce de géant verdâtre » dans* La Vénus d'Ille*).*
*– Le **double** met en lumière la dualité de l'être humain et la peur de la folie (*Le Double *de Dostoïevski, 1846 ;* L'Étrange cas du Dr Jekyll et Mister Hyde *de Stevenson, 1885 ;* Le Horla *de Guy de Maupassant, 1887).*

Étape I • Étudier l'*incipit* de la nouvelle

SUPPORT : « Je descendais (...) Jamais elles ne touchaient terre. » (l. 1 à 97).

OBJECTIF : Identifier les caractéristiques d'un début de nouvelle, analyser la mise en place du récit fantastique.

As-tu bien lu ?

1 Où se passe l'action ?

2 Que vient faire le narrateur dans cette région ?
☐ Assister au mariage d'un ami.
☐ Acheter une statue antique.
☐ Visiter des monuments antiques et moyenâgeux.

3 Qui sera son hôte ? Par qui lui a-t-il été recommandé ?

4 Qu'est-ce qui a été déterré au pied d'un olivier ? Quel membre apparaît d'abord ?

Le début d'une nouvelle

5 Qui est le narrateur du récit ? Caractérise-le en deux ou trois lignes.

6 Inscris dans le tableau les événements majeurs relatés dans ce début de nouvelle (l'*incipit**).

La veille	Au moment du dialogue	Il y a quinze jours	Ce soir, demain ou après-demain

7 Par quel moyen sont relatées les informations en ce début de récit ?

Une découverte inquiétante dans un cadre réaliste

8 Relève les indications de lieu qui te permettent d'imaginer le cadre de l'histoire.

9 Qui est l'interlocuteur du narrateur ? Cite les mots et expressions qui relèvent d'un parler populaire régional.

10 Relis les lignes 47 à 76 et relève les deux champs lexicaux* dominants dans cette évocation de l'idole.

11 Quels sont les deux principaux sentiments contradictoires que suscite la découverte de l'idole* ? Chez quels personnages ?

12 Qu'est-ce qui justifie le sentiment du Catalan dans la suite de son récit ?

La langue et le style

13 Recherche les deux sens du mot « idole » dans le lexique. Souligne la définition qui correspond au sens du mot dans le texte. p 13

14 **a.** Quel est le type de discours* utilisé dans cet extrait ? À l'aide du tableau, relève des éléments du texte qui le caractérisent.

Ponctuation	[illegible]
Temps	présent
Pronoms personnels	Il, Elle
Verbes de paroles	

b. Que remarques-tu concernant les verbes de paroles ?

Faire le bilan

15 Quelles sont les caractéristiques de ce début de nouvelle ? Complète le texte proposé ci-dessous à l'aide des mots suivants : dialogue – évocation – inquiétude – 1re personne – rationnel – réaliste – superstitieux – utiles.

Dans ce début de nouvelle rédigé à la ...., toutes les informations .... à la compréhension de l'action sont livrées en quelques pages, à travers le .... du narrateur avec son guide catalan.
Le cadre de l'action est .... ; le narrateur est présenté comme un esprit cultivé et .... Mais la première .... du personnage de Vénus, à travers le regard .... du guide, suscite d'emblée une .... légère.

Donne ton avis

16 Que peut-il se passer ensuite ? Formule plusieurs hypothèses de lecture sous une des formes suivantes :

a. une liste de phrases ;

b. un court récit ;

c. une lettre que le narrateur envoie à un(e) ami(e).

Étape 2 • Caractériser les personnages et les lieux

SUPPORT : « Devisant (...) Et vous, Parisien, comprenez-vous ? » (l. 98 à 213).

OBJECTIF : Analyser comment l'auteur décrit ses personnages et ancre son histoire dans un lieu.

As-tu bien lu ?

1 Dans quelle région de France est située la ville d'Ille ?

2 Que ne trouve-t-on pas au menu ce soir-là ?
☐ des milliasses ☐ des pigeons ☐ du sanglier ☐ de la confiture

3 Quel sport pratique le fils de M. de Peyrehorade ? En quoi consiste ce jeu ?

4 Quels genres de monuments veut montrer M. de Peyrehorade au narrateur ?

Le portrait d'une famille provinciale

5 « Avant d'avoir ouvert la lettre de M. de P., il m'avait installé devant une table bien servie » (l. 101). Qu'en déduis-tu du caractère de l'hôte du narrateur ?

6 Relève les éléments qui décrivent physiquement et moralement le père et le fils.

	Caractéristiques physiques	Caractéristiques morales
Le père : M. de Peyrehorade		
Le fils : M. Alphonse		

7 Relève deux remarques (ou pensées) du narrateur.

8 Qui voit ? Pour cette question de point de vue*, retrouve les verbes de perception et les pronoms personnels qui introduisent ces portraits.

9 Qu'est-ce qui différencie le narrateur de ses hôtes ? Justifie en citant deux phrases du texte.

La montée du suspense

10 « Je vous réserve une fière surprise pour demain » (l. 165-166) dit M. de Peyrehorade au narrateur. Quelle est cette surprise ? Par quels termes laudatifs* est-elle désignée ?

11 Comment Mérimée préserve-t-il le suspense qui entoure cette découverte depuis le début du récit ?

12 Quel est l'effet sur le déroulement de l'action ?

La langue et le style

13 « C'était la vivacité même » (l. 107-108), (le père)
a. Donne la nature et la fonction du groupe de mots souligné.
b. « Il parlait, mangeait, se levait (...) me versait à boire » (l. 108-110). Quelle est la figure de style* utilisée ici ? et pour quel effet ?

14 Donne la nature et la fonction des termes soulignés :
« un petit vieillard vert encore et dispos, poudré, le nez rouge, l'air jovial et goguenard » (l. 99-101), (le père)
« Sa femme, un peu trop grasse (...) me parut une provinciale renforcée » (l. 110-112), (la mère)
« Sa taille et ses formes athlétiques justifiaient bien la réputation d'infatigable joueur de paume qu'on lui faisait dans le pays. » (l. 125-127), (le fils)

15 « On craignait que je ne me trouvasse bien mal à Ille. Dans la province on a si peu de ressources, et les Parisiens sont si difficiles ! » (l. 119-121) Quel est le type de discours utilisé ici ? Quel sentiment est exprimé ici ? et par qui ?

Faire le bilan

16 En relisant tes réponses, essaie d'expliquer en quelques phrases comment Mérimée parvient à travers ces trois portraits à nous faire entrer dans un univers réaliste provincial.

À toi de jouer

17 Rédige le portrait du « narrateur » fait par l'un des trois personnages (le père, la mère ou le fils). Ce portrait sera précédé de quelques lignes qui raconteront son arrivée dans la maison et le début du repas. Tu intégreras également quelques remarques ou pensées de celui ou celle qui fait ce portrait.

Étape 3 • Étudier la scène du mariage et de l'anneau dérobé

SUPPORT : « Nous étions à Puygarrig (...) un homme ivre. » (l. 690-832).

OBJECTIF : Comprendre comment une scène réaliste peut servir de ressort à l'intrigue fantastique.

As-tu bien lu ?

1 Où M. Alphonse a-t-il oublié la bague ? Pourquoi l'avait-il enlevée ? (Relis la page qui précède l'extrait si cela te paraît nécessaire.)

2 Quelle solution trouve-t-il ?
- ☐ Il va offrir la bague d'une modiste.
- ☐ Il va rechercher la bague.
- ☐ Il emprunte l'alliance du narrateur.

3 Pourquoi M. Alphonse ne peut-il pas récupérer l'anneau ? Qu'est-ce que cela signifie ?

4 Est-ce que le narrateur va vérifier les dires du marié à la fin de l'extrait ? Pourquoi ?

Le récit réaliste d'un mariage de province

5 Retrouve les différents moments de cette journée. Relève à chaque fois les indications de temps et de lieu.

6 Cite trois objets qui semblent importants lors de ce mariage.

7 Indique deux rituels auxquels se plie la mariée. Que pense le narrateur de ces rituels ?

8 Quel regard porte le narrateur sur le déroulement de la journée ? Cite au moins deux de ses commentaires pour justifier ta réponse.

Des faits étranges et angoissants

9 Dans la chanson qu'il interprète, quel choix propose le père à son fils ?

10 Comment se manifeste le trouble du marié ? Quelle en est la raison et quand l'apprend-on ?

11 Quelle explication à ce mystère donne le narrateur à M. Alphonse ?

La langue et le style

12 Combien de fois apparaît le mot « diable » dans l'extrait ? Relève à chaque fois l'expression qui le contient.

13 « C'est ma femme, apparemment, puisque je lui ai donné mon anneau… » (l. 815-816)
a. Quel est la nature du mot « apparemment » ? Donne des mots de la même famille.
b. Quel est le rapport logique entre les deux propositions ? Réécris la phrase en utilisant une conjonction de coordination à la place du mot subordonnant.

14 « Puis elle changea de toilette (…) car les femmes n'ont rien de plus pressé que de prendre, aussitôt qu'elles le peuvent, les parures que l'usage leur défend de porter quand elles sont encore demoiselles » (l. 719-723). Relève les verbes au présent (avec le sujet) et donne la valeur de ces présents.

Faire le bilan

15 Quels sont les différents éléments du texte qui semblent désigner M. Alphonse comme une victime potentielle du drame à venir ?

À toi de jouer

16 Changement de point de vue : la mariée écrit à sa meilleure amie pour lui raconter son mariage et lui faire partager ses sentiments et impressions. Rédige sa lettre.

Donne ton avis

17 « Quelle odieuse chose, me disais-je, qu'un mariage de convenance ! » (l. 841-842)
Penses-tu, comme le narrateur, qu'il vaut mieux se marier par amour ? Rédige trois paragraphes qui développeront chacun un argument* en faveur du « mariage d'amour ».

Étape 4 • Identifier les éléments d'un récit fantastique

SUPPORT : L'ensemble de la nouvelle.

OBJECTIF : Étudier la montée de l'inquiétude fantastique.

As-tu bien lu ?

1 **a.** Quel est le jour choisi pour le mariage ?
☒ vendredi ☐ samedi ☐ dimanche

b. Pourquoi est-ce, selon le narrateur, un défi aux superstitions ?

2 Quel est l'objet qui semble porter malheur à M. Alphonse ?
☐ la jarretière ☐ la corbeille ☒ la bague

3 Cite les personnages qui semblent victimes de la cruauté de Vénus, au cours de la nouvelle ?

La montée du fantastique

4 Relève les commentaires du narrateur à la vue de la statue, les expressions qui prouvent sa difficulté à la décrire et le malaise qu'il éprouve

5 Classe dans le tableau les éléments ci-dessous qui évoquent la dualité de la statue : elle vous fixe – elle vous dévisage – ses grands yeux blancs – un antique – la malice – ces yeux brillants – le socle – coquine.

Aspect figé	Aspect vivant

6 Comment le narrateur traduit-il les inscriptions latines sur la statue ? En quoi son interprétation renforce-t-elle, de manière implicite, le caractère menaçant de la statue ? Les hôtes du narrateur se sentent-il menacés ? Justifie ta réponse.

7 **a.** Quelle explication réaliste le narrateur donne-t-il à propos des traces laissées par la pierre sur la statue ?

b. Quelle hypothèse surnaturelle peut imaginer le lecteur ?

Les étapes du fantastique

8 Remplis ce tableau qui retrace les différentes étapes d'un récit fantastique (voir Repères p. 61). Relève les épisodes du récit qui correspondent à chaque étape.

Introduction	narrateur arrive à Ille chez son hôte M. de P qui a trouvé une statue
Avertissement	les inscriptions sur la statue
Transgression	mariage le vendredi, la bague
Intrusion du surnaturel	la statue a refermé sa main
Châtiment	Mort de M Alphonse

9 Connaît-on la vérité sur la mort du marié à la fin de la nouvelle ? Justifie ta réponse en citant une phrase. Quel est l'effet de cette fin sur le lecteur ?

La langue et le style

10 Donne les deux sens des mots suivants : infernale – un piédestal – la malice.

11 « offrande expiatoire – sacrilège – punition – insulte – vandalisme » : à quel champ lexical appartiennent ces mots ?

Faire le bilan

12 Complète le texte ci-dessous à l'aide des mots suivants : deux aspects – fascination – la disparition de la bague – élégants – ironie infernale – inquiétude – le narrateur – rationnelle – surnaturelle – un mystère.

La Vénus de M. de Peyrehorade a des contours voluptueux et .... mais son visage exprime une .... Elle provoque ainsi .... et .... chez ceux qui la contemplent. Ces deux aspects de la déesse ainsi que les événements étranges – .... par exemple – font hésiter les personnages et les lecteurs entre une explication rationnelle et une autre surnaturelle. Jusqu'à la fin, la mort de M. Alphonse reste .... et .... ne tranche en faveur d'aucune des deux explications. *La Vénus d'Ille* est donc bien un récit fantastique.

Donne ton avis

13 Tu es un journaliste de la région qui écrit un article sur le meurtre de M. Alphonse. Raconte les circonstances du crime et le déroulement de l'enquête qui mène au non-lieu.

Étape 5 • Analyser le dénouement de la nouvelle

SUPPORT : « Le silence régnait depuis quelque temps » (l. 861) à la fin.

OBJECTIF : Étudier la fin de la nouvelle en mettant en évidence les aspects du récit policier et la tonalité* fantastique.

As-tu bien lu ?

1 À qui le narrateur attribue-t-il les « pas lourds qui montaient l'escalier », au début de la nuit ? Justifie en citant une phrase du texte.
☐ M. de Peyrehorade ☐ Mme de Peyrehorade ☑ M. Alphonse

2 Quelle est la réaction de la mariée lorsqu'elle découvre le corps de M. Alphonse au matin ?

3 Qui pourrait être le meurtrier selon le narrateur ? Quel serait le mobile du crime ?

4 Qu'est devenue la statue de Vénus à la fin du récit ?

La langue et le style

5 Quel sens du narrateur est sollicité au début de la nuit ? Relève les verbes qui le prouvent et leur sujet.

6 Fais une liste des termes évoquant les bruits de la nuit et du petit matin.

7 « Alors j'entendis distinctement les <u>mêmes</u> pas lourds, le <u>même</u> craquement de l'escalier que j'avais entendus avant de m'endormir. » (l. 873-875)
a. Quelle est la nature des mots soulignés ?
b. Justifie les accords au pluriel : même<u>s</u>/entendu<u>s</u>.

La découverte du meurtre et l'enquête du narrateur

8 En quoi la découverte du mort devient-elle un spectacle terrifiant ? Quelle est la tonalité dominante à ce moment du récit ?

9 Quel rôle va jouer le narrateur à partir du moment où l'on découvre le corps ? Quelles méthodes emploie-t-il pour rechercher la vérité ?

Relever au moins 8 mots qui évoquent le registre policier.

10 Qui raconte les événements de la nuit au narrateur ? De qui tient-il les faits ?

11 Quelles expressions emploie la mariée pour décrire l'assassin de M. Alphonse ? Qui est cet assassin, selon elle ?

Une enquête, un « non-lieu » : une chute fantastique

12 Quelles expressions prouvent que le procureur ne prend pas au sérieux le récit de la mariée ?

13 Pourquoi le procureur du roi interroge-t-il l'Espagnol ? Quels arguments celui-ci avance-t-il pour se disculper ?

14 Quelle preuve et quel alibi le mettent hors de cause aux yeux de la justice ?

15 Quelles sont les conclusions de l'enquête ? Le narrateur donne-t-il sa propre explication des faits ? Justifie en citant une phrase.

16 À quel genre d'écrits appartient l'abréviation « *P.-S.* » ? Que nous apprend-t-on ici ? Quel est son intérêt en cette fin de nouvelle ?

Faire le bilan

17 Montrez que, pour chacun des faits suivants, deux explications sont envisagées : l'une surnaturelle, l'autre rationnelle.

Les faits	Explication surnaturelle	Explication rationnelle
La bague de diamants retrouvée au pied du lit		
Le meurtre de M. Alphonse		
Le gel des vignes		

À toi de jouer

18 « Depuis que cette cloche sonne à Ille, les vignes ont gelé deux fois. » (l. 1049-1050) Poursuis la nouvelle de Mérimée en inventant un autre événement tragique et inexpliqué, qui, cette fois, touchera tous les habitants de la petite ville.

Étape 6 • Étudier le portrait de Vénus

SUPPORT : Du début à « tous ses compagnons changés en oiseaux blancs » (l. 506).

OBJECTIF : Repérer les éléments du portrait de la statue et ce qui le rattache au mythe* de la déesse de l'Amour.

As-tu bien lu ?

1 La Vénus est faite : (Plusieurs réponses possibles.)
☐ en plâtre ☐ en cuivre ☐ en argile ☐ en bronze

2 L'inscription *Cave amantem* sur le socle peut signifier deux choses :
☐ Prends garde à toi si elle t'aime.
☐ Défie-toi des amants. ☐ Prends garde à elle si tu l'aimes.

3 Qui était Myron ? Quel rapport l'antiquaire perçoit-il entre lui et la statue ?

4 De quelle façon Vénus se vengea du héros grec Diomède ?

Objet de musée ou être maléfique ?

5 Cite les différents mots utilisés par les personnages pour nommer la statue ?

6 **a.** Résume les deux anecdotes qui font croire aux habitants d'Ille que cette statue peut faire preuve de cruauté.
b. Quelle est la figure de style qui attribue à un élément, un objet, des caractéristiques humaines ? En quoi cette cruauté renvoie au mythe de la déesse Vénus ?

7 Par quels personnages le narrateur entend-t-il parler de la statue avant de pouvoir l'étudier de près ? Quel est l'effet de cette attente sur le narrateur et le lecteur ?

8 **a.** À travers quel regard découvre-t-on la statue ? Justifie en citant le texte.
b. Cite dans l'ordre les différentes parties de Vénus qui sont décrites.

9 Relève la phrase qui prouve que le narrateur est frappé par la figure de la statue et qu'il ne parvient pas à la décrire précisément.

La découverte archéologique de M. de Peyrehorade

10 Relève les mots ou expressions qui expriment le choc esthétique vécu par le narrateur à la vue de l'idole.

11 « Ces yeux brillants produisaient une certaine illusion qui rappelait la réalité, la vie » (l. 350-351).
Qu'a réussi à faire le sculpteur ? En quoi cela sert le récit ?

12 Établis une fiche technique de cette statue à partir des éléments descriptifs donnés.

La langue et le style

13 « Quoi qu'il en soit, il est impossible de voir quelque chose de plus parfait que le corps de cette Vénus ; rien de plus suave, de plus voluptueux que ses contours ; rien de plus élégant et de plus noble que sa draperie » (l. 316-319). Comment sont mis en valeur les adjectifs dans cette phrase ?

14 « Je descendis dans le jardin, et me trouvai devant une admirable statue. C'était bien une Vénus (...) il est impossible de voir quelque chose de plus parfait (...) Ce qui me frappait surtout » (l. 304-321). Donne le temps et la valeur des verbes soulignés.

15 « Il y a dans son expression quelque chose de féroce, et pourtant je n'ai jamais vu rien de si beau » (l. 343-344). Quel est le lien logique entre ces deux propositions ? Trouve d'autres exemples de ce type dans le portrait de Vénus.

Faire le bilan

16 Justifie le malaise que ressent le narrateur face à la statue en citant des éléments du portrait.

À toi de jouer

17 Comme le narrateur, tu as un jour été fasciné par une œuvre artistique (tableau, statue, film, roman...). Raconte cette expérience, décris ce qui a provoqué ce choc esthétique.

18 Fais une recherche sur la déesse Vénus et trouve un visuel qui la représente.

Étape 7 • Retrouver et comprendre les références artistiques dans le récit

SUPPORT : L'ensemble de la nouvelle.

OBJECTIF : Décrypter des références culturelles et analyser leur rôle dans le récit.

As-tu bien lu ?

1 Vénus est la déesse de :
☐ la guerre ☐ la fertilité ☐ l'amour

2 Le mari de Vénus est :
☐ Zeus, majestueux mais intraitable
☐ Vulcain, forgeron et vilain boiteux
☐ Mars, beau et combatif

3 Qu'est-ce qu'« un antique » ?

Des références comme éléments de comparaison*

4 Trouve, dans le portrait de la statue fait par le narrateur (l. 306-351), deux comparaisons aux statues grecques et à leurs copies romaines.

5 Dans la même scène, relève une citation que fait M. de Peyrehorade pour souligner que Vénus est la déesse de l'Amour et qu'elle peut se montrer cruelle. Note le nom de l'auteur et de la tragédie dont cette phrase est extraite.

6 Quel trait de ressemblance le narrateur perçoit-il entre la fiancée et la statue ? (l. 562-572) Qu'est-ce qui les différencie cependant ?

7 Au moment où M. Alphonse se lance dans la partie du jeu de paume, à quel personnage historique le narrateur le compare-t-il ? (l. 639-650)

8 Lorsque la jeune mariée quitte sa vieille tante, M. de Peyrehorade compare cette séparation à l'*Enlèvement des Sabines**, peinture de Poussin (1594-1665). Fais une recherche pour connaître l'histoire qu'illustre ce tableau, et explique en quoi cette comparaison est excessive.

9 « Un maire revêt une écharpe tricolore (...) et voilà la plus honnête fille du monde livrée au Minotaure* ! » (l. 842-844) Quel est ce personnage légendaire appelé « Minotaure » ? Qui est ici comparé à lui ? et pourquoi ?

La langue et le style

10 Qu'est-ce que l'étymologie* ?

11 Fais une recherche lexicale à partir du mot « amour » (étymologie, évolution du mot, différents sens...).

12 Quelles sont les langues convoquées pour trouver la signification des inscriptions sur le socle de la statue ? Quelle est leur particularité commune ?

Faire le bilan

13 Complète le texte ci-dessous à l'aide des mots suivants : *cave amantem* – Vénus – superstitieuse – un fantastique archéologique – l'étymologie – objets anciens – un avertissement – culture gréco-latine – caractériser.

Dès le début du récit, on comprend que la statue de la déesse .... est le personnage principal de la nouvelle. Elle va obséder son propriétaire et le narrateur, passionnés d'archéologie et d'........... . Ce sera l'occasion pour M. de Peyrehorade de faire étalage de sa .... Lui et le narrateur vont s'appuyer sur .... des mots gravés sur le socle de la statue afin d'en comprendre la signification. Les deux mots principaux, ... sonnent comme .... dans un récit fantastique et auprès d'une population .... Les références culturelles qui jalonnent cette nouvelle vont aussi permettre de .... les personnages de ce récit qui repose sur ....

Donne ton avis

14 Le musicien Bizet (1838-1875) a composé un opéra célèbre à partir de *Carmen*, une autre nouvelle de Mérimée. Le personnage féminin y prononce cette phrase : « Et si je t'aime, prends garde à toi. »
a. Quelle idée de l'amour cette phrase donne-t-elle ?
De quel sorte d'amour s'agit-il ?
b. Quels liens peux-tu trouver entre cette phrase et le texte étudié ?

Autour de Vénus : groupement de documents

OBJECTIF : Comparer plusieurs documents sur le thème de Vénus.

DOCUMENT 1 BAUDELAIRE, *Le Spleen de Paris*, « Le Fou et la Vénus », 1862.

Quelle admirable journée ! Le vaste parc se pâme sous l'œil brûlant du soleil, comme la jeunesse sous la domination de l'Amour.

L'extase universelle des choses ne s'exprime par aucun bruit ; les eaux elles-mêmes sont comme endormies. Bien différente des fêtes humaines, c'est ici une orgie silencieuse.

On dirait qu'une lumière toujours croissante fait de plus en plus étinceler les objets ; que les fleurs excitées brûlent du désir de rivaliser avec l'azur du ciel par l'énergie de leurs couleurs, et que la chaleur, rendant visibles les parfums, les fait monter vers l'astre, comme des fumées.

Cependant, dans cette jouissance universelle, j'ai aperçu un être affligé. Aux pieds d'une colossale Vénus, un de ces fous artificiels, un de ces bouffons volontaires chargés de faire rire les rois quand le Remords ou l'Ennui les obsède, affublé d'un costume éclatant et ridicule, coiffé de cornes et de sonnettes, tout ramassé contre le piédestal, lève des yeux pleins de larmes vers l'immortelle Déesse. Et ses yeux disent : – « Je suis le dernier et le plus solitaire des humains, privé d'amour et d'amitié, et bien inférieur en cela au plus imparfait des animaux. Cependant je suis fait, moi aussi, pour comprendre et sentir l'immortelle Beauté ! Ah ! Déesse ! ayez pitié de ma tristesse et de mon délire ! »

Mais l'implacable Vénus regarde au loin je ne sais quoi avec ses yeux de marbre.

DOCUMENT 2 PIERRE BARTHÉLÉMY, « *La beauté fatale de Vénus, jumelle empoisonnée de la Terre* », Le Monde, 20 novembre 2001 (*Voyage dans le système solaire*, Librio).

Astre le plus brillant de nos nuits après la Lune, Vénus bénéficie d'un préjugé favorable. L'apprentissage de l'astronomie passe souvent par elle, même s'il faut souvent expliquer aux enfants que l'« étoile du Berger » n'est pas une étoile mais la deuxième planète la plus proche du Soleil… La blancheur éclatante de Vénus évoque irrésistiblement la pureté, la beauté, et on lui a donné le nom de l'accorte déesse de l'amour. Qui pourrait donc imaginer que cette planète, la plus proche de la Terre et la plus semblable par la taille et la composition, n'abrite en réalité qu'un enfer invivable ?

À y regarder de plus près, Vénus se révèle des plus inhospitalières. Seulement, pendant longtemps, regarder ce corps de plus près a été impossible. La faute en incombe à l'épaisse couche de nuages qui recouvre la planète en permanence, réfléchit, tel un miroir, les rayons du Soleil et lui confère cet inimitable éclat. Pour paraphraser Baudelaire, l'atmosphère de Vénus « *pèse comme un couvercle* ». Au sol, même si l'attraction gravitationnelle est sensiblement la même que sur la Terre, un éventuel voyageur serait écrasé comme une noix sous un éléphant car la pression atmosphérique est quatre-vingt-dix fois supérieure à celle régnant à la surface de notre globe bleu. Par ailleurs, l'air vénusien constitue un véritable poison, composé à plus de 95 % de dioxyde de carbone. Celui-ci a créé un puissant effet de serre et a fait monter la température ambiante à 460 °C, soit plus que la chaleur régnant sur Mercure, pourtant beaucoup plus proche du Soleil.

Pour savoir ce que cache le rideau de nuages vénusiens, il a donc fallu envoyer des sondes. La première fut Mariner-2 en 1962, suivie d'une vingtaine d'autres, au nombre desquelles la série soviétique des Venera. Venera-7 fut la première à s'y poser en 1970 et, cinq ans plus tard, Venera-9 la première à transmettre des images de sa surface. C'est à la sonde Magellan (lancée en 1989) et à son radar que l'on doit la plus récente cartographie de Vénus et de ses nombreux volcans. Depuis Magellan, plus aucun engin n'a été consacré à l'étoile du Berger, trop inhospitalière pour accueillir la vie si ardemment recherchée par les astronomes.

DOCUMENT 3 ÉDOUARD MANET, *Olympia*, 1863. Paris, Musée d'Orsay.

Tableau inspiré de « La Vénus d'Urbino », peinte vers 1538 par Le Titien. Présenté au Salon de 1865, « Olympia » fit scandale.

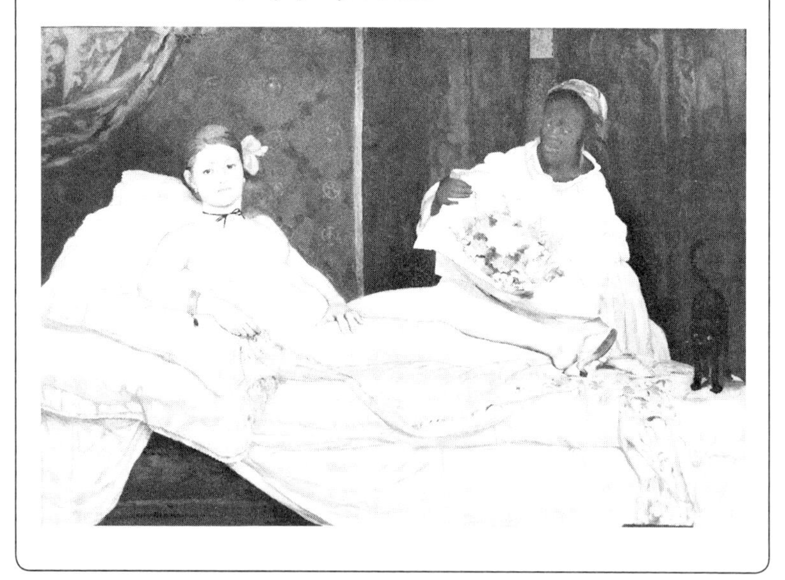

As-tu bien lu ?

1 Document 1 : Quels sont les deux personnages principaux de ce poème en prose ?

2 Quel est le but de ce texte ? (Plusieurs réponses possibles.)

- ☐ Raconter l'histoire d'un Fou face à une statue de Vénus.
- ☐ Expliquer ce qu'on peut trouver dans un parc.
- ☐ Convaincre le lecteur de la cruauté de Vénus.
- ☐ Décrire la Beauté.

3 Document 2 : Qu'est-ce que l'étoile du Berger, en réalité ?

4 Quel est le but de ce texte ? (Plusieurs réponses possibles.)
- ☐ Raconter l'histoire de la planète Vénus.
- ☐ Expliquer pourquoi on ne peut vivre sur Vénus.
- ☐ Convaincre le lecteur que Vénus est inhospitalière.
- ☐ Décrire la planète Vénus.

Lire l'image

5 Décris le personnage principal de cette peinture de Manet (position, regard, place dans le tableau…).

6 Indique ce qui peut la rattacher à Vénus, la déesse de l'Amour.

7 Quel rôle joue la lumière dans ce tableau ?

Beauté et cruauté de Vénus

8 Document 1
Qu'est-ce qui fait naître le sentiment de la Beauté chez le Fou ? Relève des mots et des expressions du poème.

9 Est-ce que la statue répond à la prière muette du Fou ? Justifie en citant une phrase du texte.

10 Document 2
Pourquoi Vénus est-elle une planète attirante ?

11 Pour quelles raisons n'est-elle en fait qu'un « enfer invivable » ?

12 Explique comment ces trois documents mettent l'accent sur l'ambivalence de Vénus et des sentiments humains qu'elle fait naître, qu'elle soit statue, planète ou personnage peint.

À toi de jouer

13 Fais de Vénus, le personnage principal d'un dessin, collage, peinture ou planche de B.D.

Aujourd'hui, l'intérêt de la préservation des sites, des bâtiments et des œuvres, la nécessité de les conserver, va de soi. De même, la présence des musées semble une autre évidence, comme s'ils avaient existé de toute éternité. Pourtant, il n'en a pas toujours été ainsi : on a longtemps bâti sur des ruines, démontant même les monuments anciens afin d'y trouver les matériaux pour construire de nouveaux bâtiments.
La volonté de conserver les œuvres du passé, comme un témoignage de l'histoire, une richesse, un « patrimoine » commun, est en fait très récente : elle apparaît avec la Révolution française et se développe au XIXe siècle, notamment avec des personnes comme Mérimée qui jouent un rôle essentiel pour la conservation du patrimoine et des œuvres.

L'idée de patrimoine et la naissance des musées

L'ENQUÊTE EN 5 ÉTAPES

1 D'où vient l'idée de patrimoine ?

Jusqu'à la Révolution française, l'idée de patrimoine n'existe pas : les rois se considèrent comme propriétaires des bâtiments qu'ils occupent et des richesses qu'ils contiennent. Ainsi, au gré de leur fantaisie, ils peuvent les modifier, les détruire ou les vendre...

• LA NAISSANCE DE L'IDÉE DE PATRIMOINE NATIONAL

Les premières contestations apparaissent au début du XVIIIe siècle : Roger de Gaignières (1644-1715), passionné d'histoire, voyage dans toute la France ; il réunit 25 000 dessins de monuments, tombeaux, vitraux... et rédige un mémoire au roi afin d'obtenir un arrêt qui défendra de démolir les monuments sans la permission d'une commission.

• L'ABBÉ GRÉGOIRE

L'idée décisive de « patrimoine national » apparaît avec la Révolution française, sous l'impulsion de l'abbé Grégoire (1750-1831), prêtre et fondateur en 1794 du Conservatoire national des arts et métiers : « Le respect public doit entourer particulièrement les objets nationaux qui, n'étant à personne, sont la propriété de tous », et il dénonce le « vandalisme* » (il invente le mot) qui prend pour cible le patrimoine collectif. En 1794, ses rapports incitent la Convention[1] à promulguer un décret protégeant le patrimoine.

• EXPÉDITIONS ET PREMIERS CHANTIERS DE FOUILLE

À la charnière du XVIIIe et du XIXe siècle, sous l'impulsion de l'archéologue Winckelmann et du prince de Naples, ont lieu les fouilles de Pompéi. L'expédition de Napoléon Bonaparte en Égypte (1798-1801) regroupe une centaine de savants qui explorent, étudient et dessinent ce qu'ils observent. Ils rapportent de multiples objets et témoignages qui contribuent à l'intérêt du public pour l'Égypte ancienne, comme la pierre de Rosette traduite par Champollion[2].

Toutes ces fouilles permettent la reconnaissance de nouvelles méthodes d'investigation.

1. Convention nationale : Assemblée constituante française qui gouverna de 1792 à 1795, après la chute de la royauté.

2. Jean-François Champollion (1790-1832) : célèb[re] égyptologue français. Le premier à déchiffrer la langue des anciens Égyptiens (les hiéroglyphes).

La découverte de Pompéi

Rêve dans les ruines de Pompéi, Paul Alfred de Curzon, 1866. Musée de Salies, Bagnères-de-Bigorre.

Ville romaine fondée au VIe siècle avant J.-C. près de Naples au pied du Vésuve, Pompéi est entièrement ensevelie en 79, par une éruption de ce volcan. Elle est redécouverte par hasard au XVIIe siècle, et fouillée au XVIIIe. Contrairement aux autres monuments romains pillés et dévastés, Pompéi a été protégée par une gangue de lave pendant 1 600 ans et est exhumée dans un état quasi-originel : on y retrouve même des personnes momifiées, dans la position qu'elles occupaient lors de l'éruption… Cette découverte va fasciner et contribuer à l'intérêt de conserver les témoignages du passé. Le site sera classé au patrimoine mondial de l'Unesco[3] en 1997.

Champollion et la pierre de Rosette

La pierre de Rosette, datée de 196 av. J.-C., découverte dans le village de Rachïd (Rosette) le 15 juillet 1799 durant la campagne d'Égypte de Bonaparte, est un fragment de stèle égyptienne (en basalte noir) sur laquelle est gravé un même texte en deux langues (égyptien ancien et grec ancien) et trois systèmes d'écritures (hiéroglyphes, démotique et grec). C'est elle qui permet à Champollion de traduire les hiéroglyphes en 1822, ce qui entraînera un essor important de l'égyptologie. Depuis 1802, la pierre de Rosette est exposée au British Museum[4].

3. Unesco : institution spécialisée de l'ONU pour l'éducation, la science et la culture.

4. British Museum : ce musée anglais créé en 1753, situé à Londres, est l'un des plus vastes et des plus riches du monde.

2 Comment s'organise la sauvegarde du patrimoine à l'époque de Mérimée ?

Après la prise de conscience par les Révolutionnaires de l'intérêt éducatif et collectif du patrimoine, tout est à organiser pour en assurer la sauvegarde, ce qui sera fait essentiellement au cours du XIXe siècle.

● LE XIXe SIÈCLE ET LA CRÉATION D'UN INSPECTEUR DES MONUMENTS HISTORIQUES

Au XIXe siècle, on assiste au développement de l'intérêt pour l'histoire et l'archéologie, accompagné par la volonté de protéger le patrimoine. Cette volonté se manifeste d'abord par la création du poste d'Inspecteur des Monuments historiques qui doit « parcourir successivement les départements de France, s'assurer sur les lieux de l'importance historique ou du mérite d'art des monuments… ». Le premier nommé est Ludovic Vitet, un historien et critique d'art de 28 ans, le second est Prosper Mérimée qui exerce cette fonction de 1834 à 1853. L'inspection, placée au ministère de l'Intérieur, préfigure le futur ministère de la Culture.

Ruines de l'Abbaye d'Aubrac. Lithographie de Engelmann (1833). Paris, BNF.

● LA COMMISSION DES MONUMENTS HISTORIQUES (1837)

L'idée que les destructions de vestiges du passé doivent cesser se développe. Dès 1837, une Commission a pour mission de répartir entre les monuments jugés intéressants les fonds de l'État pour leur sauvegarde. On « classe » les édifices selon l'intérêt qu'ils représentent.
Mérimée participe aux travaux d'un Comité qui vise à rechercher « tous les documents pouvant se rapporter à l'histoire du pays ».
Il lutte contre le ministère de la Guerre pour obtenir la libération d'édifices occupés de manière indigne. Il surveille les travaux de restauration, incite la Commission des Monuments historiques à faire appel, à partir de 1840, à des architectes d'art antique et/ou médiéval.

● LA LÉGALISATION DE LA PROTECTION DU PATRIMOINE

En 1887, une loi impose que les immeubles et objets appartenant à des personnes publiques ou privées puissent être classés en totalité ou en partie par les soins du ministère de l'Instruction publique et des Beaux-Arts.En 1913, une autre loi donne encore plus de poids aux pouvoirs publics : classement d'office en cas de réticence des propriétaires privés, obligation d'effectuer des travaux de restauration, sanctions civiles et pénales pour les travaux effectués sans autorisation.

Mérimée, *Notes d'un voyage dans le midi de la France* (1835)

Dans le récit détaillé de sa première journée d'Inspecteur des Monuments historiques, il y note les causes de destruction des restes de l'Antiquité et du Moyen Âge :
- les pillages : les pierres des châteaux sont volées pour construire des maisons ;
- les guerres de Religion et la Révolution française (à l'époque de la Révolution, « on a fait la guerre à toutes les figures humaines », écrit Mérimée) ;
- la réutilisation des pierres des monuments, des lieux : « c'est depuis un temps immémorial que l'on fait du neuf avec du vieux » note-t-il.
« À Autun, le temple de Janus[1] est maintenant au milieu d'un champ de pommes de terre appartenant à un particulier ».
– le manque d'intérêt des propriétaires pour l'Antiquité, à qui la loi donne tous les droits sur leurs biens :
« À Nevers, on va démolir cette belle porte, ainsi que le reste de l'église. C'est une propriété particulière, on ne peut s'y opposer. »

1. **Janus :** divinité romaine, gardien des portes, ayant la faculté de connaître le passé et l'avenir. Souvent représenté avec deux visages tournés en sens contraire.

3 Comment les musées sont-ils nés ?

Au départ, le « musée » n'est pas une collection publique regroupée dans l'intérêt général mais plutôt une collection privée, réunie à l'initiative d'un personnage puissant qui souhaite se faire valoir.

● LA PRATIQUE DES COLLECTIONS

Elle naît sous l'impulsion des princes qui tentent de réunir les « trésors » des temples anciens et des églises médiévales et trouve son plein développement en Europe lors de la Renaissance : les humanistes[1] recherchent d'abord les vestiges de l'Antiquité romaine. Ces objets (fragments de sculpture, médailles et pierres gravées) apparaissent comme les illustrations originales des manuscrits.

● LE CABINET DE CURIOSITÉS

Au milieu du XVIe siècle, une autre forme de collection se répand à travers l'Europe : le cabinet de curiosités. Ce sont les princes de l'époque maniériste[2] qui collectionnent de nouveaux types d'objets : fossiles, coraux, raretés exotiques, animaux monstrueux ou fabuleux, pièces d'orfèvrerie ou de joaillerie, trouvailles ethnographiques ramenées par les voyageurs... Au XVIIe siècle, les collectionneurs se multiplient et se recrutent dans des milieux nouveaux : médecins, avocats, artistes...

Les Offices à Florence

Le bâtiment de ce très célèbre musée italien est dû à l'initiative du grand duc de Toscane, Cosme le jeune (1519-1574), de la famille des Médicis, qui fait construire un nouvel ensemble de bureaux pour y loger son administration. L'architecte Giorgio Vasari imagine deux longs bâtiments autour d'une cour, réunis par une galerie à deux étages. Pour permettre au duc de se rendre des bureaux à son palais sans passer par la rue, il ajoute un corridor où sont accrochés plus de 200 tableaux. La première « galerie d'art » est née...

1. **Humanistes :** qui faisaient partie du mouvement humaniste (doctrine mettant en avant la valeur de la personne humaine et son épanouissement).

2. **Maniériste :** appartenant au maniérisme, style artistique situé entre la Renaissance et le baroque.

Quels sont les premiers musées français ?

Une fois de plus, la Révolution française joue un rôle pionnier : les premiers musées sont imaginés par des révolutionnaires qui y voient un moyen de rendre au peuple ce qui lui appartient.

● LE MUSÉE DES MONUMENTS FRANÇAIS

Ce musée, créé en 1795, regroupe les biens confisqués au clergé, à la couronne et aux nobles émigrés par la Convention. Il classe les sculptures dans les salles selon leur époque et leur donne « la physionomie exacte du siècle qu'elle représente ». Le retour de la monarchie, en 1816, entraîne sa fermeture et la restitution d'une grande partie des œuvres aux propriétaires originaux. Le reste est intégré aux collections du Louvre en 1824 et au musée de Versailles en 1836. On conteste aussi le principe même du musée, qu'on accuse d'extraire les œuvres de leur contexte. Il rouvre en 1879, puis ferme définitivement, faute de budget.

● LE MUSÉE DES THERMES ET DE CLUNY

En 1932, l'hôtel de Cluny est loué par Alexandre du Sommerard qui y installe ses collections d'objets médiévaux et renaissants. En 1836, la Ville de Paris acquiert les thermes gallo-romains attenants au musée et y dépose statues et chapiteaux[1] provenant d'églises parisiennes. En 1843, à la mort du collectionneur, l'État achète l'hôtel. Les œuvres d'art jugées menacées et acquises par l'État y sont placées par la Commission des Monuments historiques. Mais lorsque l'édifice qui contenait l'œuvre est conservé, on essaie de les maintenir sur place.

Les bains gallo-romains. Paris, Musée national du Moyen Âge et des thermes de Cluny, 1925.

1. **Chapiteau :** partie supérieure d'une colonne. Ornement d'architecture qui forme un couronnement.

Le musée du Louvre

La naissance du musée

A l'origine, château fort de Philippe Auguste, puis Palais royal, le palais du Louvre devient un musée après la Révolution. C'est suite au succès d'une exposition des plus beaux tableaux de la collection royale, au musée du Luxembourg, que l'on projette de faire du Louvre un musée permanent. Inauguré le 10 août 1793, il est d'abord réservé aux artistes pour leur formation. Le public, admis seulement le dimanche, devra attendre 1855 pour y accéder en semaine.

Pendant l'Empire, il devient le plus grand musée du monde, dirigé par Dominique Vivant-Denon. Le grand Louvre actuel (210 000 m² dont 68 000 d'expositions), qui occupe la totalité du bâtiment et dans lequel on entre par une pyramide de verre due à l'architecte Ieoh Ming Pei[2], est décidé par le président François Mitterrand, au cours de son premier mandat (1981-1988).

Un musée universel et très riche

Le Louvre présente des époques qui vont de l'Antiquité jusqu'en 1848, et une aire géographique très large. Constitué de huit départements (Antiquités orientales, Antiquités égyptiennes, Antiquités grecques, étrusques et romaines, Arts de l'Islam, Sculptures, Objets d'art, Peintures, Arts Graphiques), il présente 35 000 œuvres. D'une grande diversité, elles sont issues à la fois de la collection royale, de saisies des guerres napoléoniennes, de fouilles effectuées en Égypte ou au Moyen-Orient, de dations et d'achats effectués tout au long des XIXe et XXe siècles.

La salle des Caryatides. Paris, Musée du Louvre.

2. **Ieoh Ming Pei :** architecte et urbaniste d'origine chinoise et de nationalité américaine. Parmi ses travaux les plus célèbres : la pyramide du Louvre, le musée Miho au Japon, l'extension de la National Gallery à Washington...

Origine de quelques œuvres célèbres

La Joconde (Léonard de Vinci), achetée par François Ier en 1519 ; *Les Noces de Cana* (Véronèse), pillage d'un couvent à Venise en 1798 ; *Le Jeune Mendiant* (Murillo), acheté par Louis XVI en 1782 ; *La Dentellière* (Vermeer) ou le célèbre *Autoportrait au chardon* (Dürer), achats du musée en 1870 et en 1922 ; *Le Christ en croix* (du Greco), récupéré au Palais de justice de Prades en 1908 ; *La Vénus* (Milo), achetée auprès du gouvernement turc en 1820 ; *La Victoire de Samothrace*, découverte en morceaux en 1863.

Un musée orienté vers son public

Aujourd'hui, le Louvre reste le musée le plus visité au monde avec 8,3 millions de visiteurs en 2006. Il organise de nombreuses expositions temporaires et développe plusieurs activités, à action éducative, pour rendre ses collections accessibles : conférences, ateliers, en direction des enfants et des adultes... Il développe des partenariats avec d'autres musées (High Museum of Art d'Atlanta) pour permettre des échanges d'œuvres entre continents. Il a créé des antennes (d'autres lieux), à Lens et à Abu Dabi, pour faire connaître ses collections.

● L'IDÉE DE « MUSÉE D'ART MODERNE »

À la fin du XIXe siècle, on constate que la plupart des musées publics sont passés à côté des artistes les plus novateurs. Les impressionnistes[3], par exemple, sont reconnus grâce à des interventions extérieures à l'institution. De ce constat, naît l'idée du « musée d'art moderne » vers 1920 contre l'art académique. Grâce à des initiatives de collectionneurs et d'artistes, des manifestes sont signés, qui inscrivent de nouveaux objectifs : faire connaître les grands maîtres modernes et mettre en valeur l'art comme instrument critique de la société.
Il faut attendre l'exposition universelle (1937) pour que l'État lance le concours pour la construction des deux musées d'art moderne, celui de l'État et celui de la Ville de Paris, de part et d'autre du quai de Tokyo. Le musée national d'art moderne (MNAM) n'ouvrira ses portes qu'après la guerre, en 1947.

3. **Impressionnistes :** peintres appartenant à l'impressionnisme, mouvement pictural de la fin du XIXe siècle en réaction contre les conceptions académiques de l'art.

5 Qu'est-ce qu'un musée moderne ?

Aujourd'hui, un musée n'est plus seulement un lieu où l'on rassemble sans ordre une collection hétéroclite ou curieuse. Pour rester intéressant, un musée doit définir un « projet culturel », réfléchir à sa vocation et à son rôle dans la ville, la région, le pays où il se trouve, faire évoluer ses collections et être attentif à son public.

● COMMENT FAIRE VIVRE UNE COLLECTION ?

L'essentiel des collections se trouve dans les musées appartenant à l'État. La plus prestigieuse reste celle du Louvre : plus de 14 000 peintures, environ 6 000 sculptures et plus de 100 000 dessins. Le classement d'une collection est essentiel. Il répond à différents critères : par nature d'objet (sculptures, dessins...), par époque, par zone géographique... Mais les frontières sont parfois difficiles à fixer : Qu'est-ce qu'un objet d'art ? Qu'est-ce que l'art décoratif ? Où commence l'art contemporain ?

● COMMENT UNE COLLECTION S'ENRICHIT-ELLE ?

Un musée qui n'achète pas est un musée qui meurt, dit-on dans les milieux d'art. Les œuvres d'art ayant parfois des valeurs qui dépassent l'entendement, les collections évoluent grâce aux crédits publics, aux donateurs, au mécénat d'entreprise, ou encore par les dations, formule qui permet à de riches héritiers de payer l'impôt sur la succession en donnant des œuvres à l'État.

La notion de dation

La dation a été introduite par André Malraux en 1968. C'est une loi qui permet de payer son impôt en donnant à l'État « œuvres d'art, livres, objets de collection ou documents de haute valeur artistique ou historique ». C'est, depuis, l'une des principales sources d'enrichissement des collections publiques.
La dation concerne le plus souvent les droits de succession et a été utilisée par exemple lors des successions de Matisse, Picasso, Cézanne et Chagall.

Les vicissitudes de la Joconde

La Joconde (portrait de Mona Lisa), de Léonard de Vinci, est exposée au Louvre. Tableau mythique, référence pour les artistes, elle constitue l'aboutissement des recherches du XVe siècle sur le portrait. Acquise par François Ier qui l'installe à Fontainebleau, elle est ensuite placée au Louvre, puis à Versailles dans le cabinet de Louis XIV, à nouveau au Louvre, devenu musée en 1798. En 1800, Bonaparte l'installe dans sa chambre à coucher et la rend au Louvre en 1804. Elle est volée en 1911 : on soupçonne Apollinaire, puis Picasso, mais le vol est revendiqué par l'écrivain Gabriele d'Annunzio. Le voleur était en fait un vitrier italien qui avait participé aux travaux de mise sous verre des tableaux importants du musée. L'italien fut découvert au moment où il chercha à la revendre, deux ans plus tard.

La Joconde, Léonard de Vinci, 1503-1506. Paris, Musée du Louvre.

● LE RÔLE DU PUBLIC

La loi « musée » de janvier 2002 prévoit que tout musée de France soit organisé « en vue de la connaissance, de l'éducation et du plaisir du public ». En quelques décennies, l'image et la fréquentation des musées se sont transformées. D'une image un peu académique et ennuyeuse, on est passé à une vision plus accueillante, même si l'accroissement des visites n'entraîne malheureusement pas toujours l'élargissement des catégories sociales qui fréquentent ces musées.

Quelques chiffres

- *1 Français de plus de 15 ans sur 3 visite un musée par an.*
- *10 % de visiteurs assidus (plus de 4 visites par an).*
- *La visite au musée = 2e sortie culturelle des Français (après le cinéma et avant la bibliothèque).*
- *Les touristes français et étrangers = 60 % du total des entrées.*

Le Centre Pompidou, ou Centre Beaubourg

En 1971, le président Georges Pompidou émet le souhait de créer au cœur de Paris une institution culturelle originale vouée à la création moderne et contemporaine, favorisant l'expression de nouvelles formes artistiques. Le Centre national d'art et de culture voit le jour en 1977 sur le plateau Beaubourg, entre les Halles et le Marais. Il abrite le Musée national d'art moderne avec d'importantes collections d'art (59 000 œuvres), des expositions temporaires, des salles de spectacles et de cinéma, ainsi que la première bibliothèque de lecture publique en Europe. Le bâtiment, inspiré du brutalisme, est qualifié de premier grand bâtiment post-moderne avec ses structures et poutres métalliques apparentes et ses tuyaux extérieurs colorés. C'est aujourd'hui la 3e institution la plus visitée en France (plus de 16 000 visiteurs par an) après le Louvre et la Tour Eiffel.

Façade principale du Musée Beaubourg

tit lexique d'analyse littéraire

Accumulation Figure de style qui place des mots de même nature les uns après les autres pour donner une impression d'amplification ou de chaos.

Antithèse Figure de style qui consiste à rapprocher deux éléments opposés pour souligner leur contraste.

Argument Preuve à l'appui ou à l'encontre d'une idée.

Champ lexical Ensemble des mots ou expressions qui expriment une même notion.

Comparaison Elle met en relation deux éléments, à l'aide d'un outil grammatical (*comme, tel que, pareil à...*), afin d'en souligner les points communs.

Discours Pour rapporter des paroles de personnages dans un récit, on utilise trois formes de discours : direct/indirect/indirect libre.

Étymologie En remontant jusqu'aux racines grecque ou latine, elle permet de trouver l'origine des mots et leur première signification.

Figures de style Tours de mots ou de pensées, images, qui ornent le langage. (Voir *Accumulation*, *Antithèse*, *Comparaison*, *Métaphore*...)

Incipit C'est le début d'un récit. En lisant la ou les premières pages d'un roman ou d'une nouvelle, on apprend quelle est l'action principale, où et quand elle se passe et quels sont les personnages principaux.

Laudatif Qui contient un éloge ou qui fait un éloge, ce qui est positif. ***Contr.*** Péjoratif.

Métaphore Figure de style qui établit une relation entre deux éléments, deux réalités. À la différence de la comparaison, ici le lien se fait sans outil grammatical, sans mot de comparaison (ex. : *ses yeux de marbre*, dans *Le Fou et la Vénus* de Beaudelaire).

Point de vue C'est le regard à travers lequel on voit se dérouler les événements. On distingue :
- le point de vue *omniscient* : les événements sont racontés par un narrateur qui ne fait pas partie de l'histoire mais qui sait tout des personnages, leur passé, leurs pensées... (récit à la 1re personne) ;
- le point de vue *interne* : l'histoire est racontée à travers le regard d'un des personnages (récit à la 1re ou à la 3e personne) ;
- le point de vue *externe* : les événements semblent se dérouler tout seuls, indépendamment de tout regard, de toute conscience (récit à la 3e personne).

Tonalité Elle est choisie par l'auteur selon l'émotion qu'il veut produire sur le lecteur (ex : tonalité tragique pour susciter de la crainte et de la pitié).

Petit lexique d'Art et d'Histoire

Aphrodite *(pour les Grecs),* ***Vénus*** *(pour les Romains)*	Déesse de l'Amour et de la Beauté dans l'Antiquité grecque et romaine.
Enlèvement des Sabines	Épisode fameux qui raconte comment les Romains avaient enlevé à leurs voisins leurs femmes et leurs jeunes filles pour répondre à la pénurie de femmes à Rome.
Idole	(Du latin *idolum* et du grec *eidôlon* = image). **1.** Représentation d'une divinité qu'on adore comme s'il s'agissait de la divinité elle-même. **2.** Personne ou chose qui est l'objet d'une sorte d'adoration.
Minotaure	Monstre de la mythologie grecque à qui on livrait chaque année dans son labyrinthe sept garçons et sept filles.
Mythe	Récit fabuleux, transmis par la tradition, qui met en scène des êtres incarnant sous une forme symbolique des forces de la nature, des aspects de la condition humaine.
Réalisme	Ce mouvement littéraire a la volonté de représenter concrètement, dans une œuvre, la réalité humaine, sociale ou « naturelle ». Les auteurs réalistes préféraient le réel au romanesque, s'appuyaient souvent sur une documentation (notes, enquêtes...). C'est un mouvement qui s'est développé en littérature (Flaubert, Les Frères Goncourt, Maupassant) mais aussi en peinture (Gustave Courbet, *L'Atelier du peintre*, 1855).
Romantisme	Participant d'un large mouvement européen, ses adeptes prônent liberté, engagement et totalité. Le « Moi », avec ses passions et convictions parfois contradictoires, envahit aussi bien la poésie que le théâtre et le roman. L'Histoire est perçue comme champ d'action des énergies collectives ou des défis du héros solitaire. La Nature, animée de forces complexes et parfois obscures, offre un domaine d'expression et d'interrogation à l'individu.
Vandale	Personne qui pille et détruit des choses ou des lieux par bêtise et ignorance. En référence au peuple germanique qui dévasta une partie de l'Europe au Ve siècle après J.-C.
Vandalisme	Tendance à détruire stupidement, à détériorer, par ignorance, des œuvres d'art.

lire et à voir

MÉRIMÉE ET LE PATRIMOINE

Le Vase étrusque, 1833

Auguste Saint-Clair est amoureux d'une jeune femme mais il la soupçonne d'avoir reçu un cadeau d'un autre homme : un vase étrusque.

Notes d'un voyage dans le midi de la France, 1835

Mérimée, Inspecteur des Monuments historiques, rend compte des destructions des restes de l'Antiquité et du Moyen-Âge en France et en explique les raisons.

D'AUTRES RÉCITS FANTASTIQUES

E.-T.-A. Hoffman
Le Vase d'or, 1814

Quête initiatique, histoire fantastique pleine de rebondissements.

Edgar Poe
Histoires extraordinaires, 1856

Recueil de nouvelles traduit par Baudelaire, à l'univers angoissant.

Guy de Maupassant
Contes et Nouvelles fantastiques, de 1875 à 1887

L'auteur, hanté par l'étrange, nous fait entrer dans des univers fantastiques.

DES RÉCITS POLICIERS SUR LE THÈME DE L'ART

Conan Doyle
Les Six Napoléons, 1904

Donald Westlake
Personne n'est parfait, Collection Noir, Éditions Rivages, 2007

Odile Weulersse
La Momie bavarde, Pocket Junior, 1999

OUVRAGES DOCUMENTAIRES

Roland Schaer
L'Invention des musées, collection « Découvertes », Gallimard, 1993
Geneviève Bresc
Mémoires du Louvre, collection « Découvertes », Gallimard, 1989

FILMOGRAPHE

Belphégor, le fantôme du Louvre
Film de Jean-Paul Salomé, 2001

La Nuit au musée 1 et 2
Films de Shawn Levy, 2006 et 2009

SITES ET MUSÉES À FRÉQUENTER

— *Formations et concours pour les métiers du Patrimoine*
http://www.inp.fr (Institut National du Patrimoine)
http://www.ecoledulouvre.fr
http://www.education.gouv.fr
— Musée du Louvre, Palais du Louvre, 75001 Paris.
— Musée d'Orsay, 62, rue de Lille, 75007 Paris.
— Musée national du Moyen Âge et des Thermes de Cluny,
6, Place Paul Painlevé, 75005 Paris.

Table des illustrations

7, 8, 27, 39	ph © Archives Hatier /DR
78, 83	ph © The Bridgeman Art Library
84	ph © Archives Hatier /DR
87, 88	ph © The Bridgeman Art Library
91	ph © RMN / Archives Hatier
92	ph © Eye Ubiquitous / Alamy
56 à 79	ph © Archives Hatier /DR

Hatier s'engage pour l'environnement en réduisant l'empreinte carbone de ses livre[s]. Celle de cet exemplaire est de
200 g éq. CO_2
Rendez-vous sur www.hatier-durable.fr

Iconographie : Hatier illustration
Principe de maquette : Marie-Astrid Bailly-Maître & Sterenn Heudiard
Suivi éditorial : Gwenaëlle Ohannessian
Illustrations intérieures : Aline Bureau
Composition : Compo 2000

Achevé d'imprimer par Black Print CPI Iberica S.L.U - Es[pagne]
Dépôt légal 93961-7/10 - Avril 2020